Der rote Vorhang

Jules Amedée Barbey d'Aurevilly

Impressum

Autor: Jules Amedée Barbey d'Aurevilly
Übersetzung: Artur Schurig
Umschlagkonzept: toepferschumann, Berlin

Verlag: tredition GmbH, Hamburg
ISBN: 978-3-8424-6810-8
Printed in Germany

Tucholsky Wagner Zola Scott Sydow Freud Schlegel
Turgenev Wallace Fonatne
Twain Walther von der Vogelweide Fouqué Friedrich II. von Preußen
Weber Freiligrath Frey
Fechner Weiße Rose von Fallersleben Kant Ernst Frommel
Fichte Richthofen
Hölderlin
Engels Fielding Eichendorff Tacitus Dumas
Fehrs Faber Flaubert
Eliasberg Ebner Eschenbach
Feuerbach Maximilian I. von Habsburg Fock Eliot Zweig
Ewald Vergil
Goethe
Mendelssohn Balzac Shakespeare Elisabeth von Österreich London
Lichtenberg Rathenau Dostojewski Ganghofer
Trackl Stevenson Doyle Gjellerup
Mommsen Tolstoi Hambruch
Thoma Lenz Hanrieder Droste-Hülshoff
Dach Verne von Arnim Hägele Hauff Humboldt
Karrillon Reuter Rousseau Hagen Hauptmann Gautier
Garschin Baudelaire
Damaschke Defoe Hebbel
Descartes Hegel Kussmaul Herder
Wolfram von Eschenbach Dickens Schopenhauer Rilke George
Bronner Darwin Melville Grimm Jerome
Campe Horváth Aristoteles Bebel Proust
Bismarck Vigny Barlach Voltaire Federer Herodot
Gengenbach Heine
Storm Casanova Tersteegen Grillparzer Georgy
Chamberlain Lessing Langbein Gilm
Brentano Gryphius
Strachwitz Claudius Schiller Lafontaine
Katharina II. von Rußland Bellamy Schilling Kralik Iffland Sokrates
Gerstäcker Raabe Gibbon Tschechow
Löns Hesse Hoffmann Gogol Wilde Gleim Vulpius
Luther Heym Hofmannsthal Klee Hölty Morgenstern
Roth Heyse Klopstock Kleist Goedicke
Luxemburg Puschkin Homer Mörike
La Roche Horaz Musil
Machiavelli Kierkegaard Kraft Kraus
Navarra Aurel Musset
Nestroy Marie de France Lamprecht Kind Kirchhoff Hugo Moltke
Nietzsche Nansen Laotse Ipsen Liebknecht
Marx Ringelnatz
von Ossietzky Lassalle Gorki Klett Leibniz
May vom Stein Lawrence Irving
Petalozzi Knigge
Platon Kafka
Sachs Poe Pückler Michelangelo Kock
Liebermann Korolenko
de Sade Praetorius Mistral Zetkin

Der Verlag tredition aus Hamburg veröffentlicht in der Reihe **TREDITION CLASSICS** Werke aus mehr als zwei Jahrtausenden. Diese waren zu einem Großteil vergriffen oder nur noch antiquarisch erhältlich.

Symbolfigur für **TREDITION CLASSICS** ist Johannes Gutenberg (1400 — 1468), der Erfinder des Buchdrucks mit Metalllettern und der Druckerpresse.

Mit der Buchreihe **TREDITION CLASSICS** verfolgt tredition das Ziel, tausende Klassiker der Weltliteratur verschiedener Sprachen wieder als gedruckte Bücher aufzulegen – und das weltweit!

Die Buchreihe dient zur Bewahrung der Literatur und Förderung der Kultur. Sie trägt so dazu bei, dass viele tausend Werke nicht in Vergessenheit geraten.

Text der Originalausgabe

Barbey d'Aurevilly

Der rote Vorhang

Buchschmuck von Otto Goetze

Deutsch von Artur Schurig

Diese kleine Verruchtheit – ja, Verruchtheit – ist ein ungeschminktes Spiegelbildchen gallischen Wesens und ein Prophet echten Franzosentums hält es mit kaltem Lächeln seinem Volke vor.

Aber aus der Einsamkeit und den geschärften Sinnen aller Propheten heraus. Denn Jules Barbey d'Aurevilly hat mit seinen »Diaboliques« 1874 (als welchen düsteren Teufeleien der hier folgende »Rote Vorhang« entnommen ist) nur die tiefen und verbissenen Einsichten in das Wesen des französischen Menschen gestaltet, wozu ihm jahrzehntelanges Abseitsstehen vom rauschenden Flusse des Pariser Lebens alle Muße schuf: Dieser Sproß eines normannisehen Herrengeschlechtes war aus seiner von Revolution und Bürgerkönigtum »entcanaillierten« Gegenwart in das Halbdunkel seiner Einsiedelei der Rue Rousselet gewichen. Dieser Don Quichote altfränkischen Heldentums hatte zur Feder gegriffen, weil ihm der französische Marschallstab versagt war. Dieser Dandy nach dem Riesenmaße der Beckford und Brummel schleppte ein mühseliges Dasein in enger Dreizimmerwohnung zwischen Brotsorgen und Haushaltsgekeife dahin. Seinem katholischen Monarchismus hatte die Theaterfrömmigkeit des zweiten Kaiserreiches ins Gesicht geschlagen und vor dem führerlosen Durcheinander des demokratischen Frankreich sank der Herold rücksichtslosen Willens in galligen Pessimismus zurück. Bis zur Qual des Wüstenheiligen aber muß dem Einsamen das düster unersättigte Liebesbedürfnis des Romanen gediehen sein. Denn der Brassard des »Roten Vorhangs« ist Barbey selbst und dergleichen gespenstigflackernde Liebesgesichte mögen den Eremiten der Rue Rousselet in gnadenlosen Nächten wie Träume der Erfüllung atemversetzend überkommen haben. Dem Katholiken Barbey entartet das Suchen der Geschlechter zum Satanismus, dem rationalistischen Franzosen ist es Verdienst, das Liebeserlebnis mit allem Schrecken und allem Zauber unnatürlichen Genusses zu umkleiden, auf daß heilsame Furcht jede Nachahmung ertöte, der dekadente Mitlebende von 1870 führt wollüstig die Raserei der Geschlechter hart an die Vernichtung heran. Im Hintergrunde aber lauert, dem Gallier selber unbewußt, das französischeste aller Erlebnisse: Romantik der Ausschweifung, Genuß um des Genusses willen, Liebe ein grausames Spielzeug wie der Tod.

Der verlästerte Prophet Barbey d'Aurevilly nun ist dem heutigen Frankreich des Nationalismus und politischen Katholizismus ein wirkender Führer geworden. Und so mag's an der Zeit sein, dieses sein bezeichnendstes Werk, diesen bei aller Abseitigkeit typischen Ausschnitt französischer Lebenshaltung erneut vor die Augen der Welt zu setzen. Otto Goetze mit seiner spielerisch-nackten und wieder sanatisch-flackernden Eingebung wird dabei von allen Kennern als der berufene künstlerische Erwecker von Barbeys eisklarem und verhalten funkelndem Stil gewertet werden.

Karl Toth.

Es ist schrecklich lange her, als ich mich eines Tages zur Jagd auf Wasserwild nach den Sümpfen des Westens aufmachte. In der Gegend, nach der ich wollte, gab es damals noch keine Eisenbahn. Ich setzte mich also in die Post, die am Wegekreuz bei dem Schlosse Rueil vorbeifuhr.

Ein einziger Reisender saß im Abteil erster Klasse, und zwar ein in jeder Hinsicht ganz besonderer Mensch. Ich kannte ihn, wie man sich so kennt. Er war mir in der Gesellschaft öfters begegnet. Sagen wir er hieß Graf von Brassard.

Es war nachmittags gegen fünf Uhr. Die Sonne warf nur noch matte Strahlen auf den Staub der Landstraße, hinter deren Pappelreihen sich die weiten Wiesen dehnten. Unsere vier starkkruppigen Gäule trabten flott vorwärts, vom Peitschenknall des Postillons getrieben.

Brassard, der nebenbei bemerkt in England erzogen war, stand damals längst auf der Höhe des Lebens, aber er gehörte zu jener Sorte von Menschen, die, schon dem Tode verfallen, sich dies nicht anmerken lassen und bis zum letzten Augenblicke behaupten, sie dächten nicht an das Sterben. Im gewöhnlichen Leben und auch in der Literatur spottet man über Leute, die jung zu sein vermeinen, obgleich sie über die glückliche Zeit der Torheiten beträchtlich hinaus sind. Der Spott ist am Platze, wenn solches Jungbleibenwollen in lächerlicher Form zutage tritt. Zuweilen jedoch wirkt dieses Nichtlassen von der Jugend geradezu großartig. Stolze Naturen lassen sich nicht werfen. Im Grunde freilich ist auch das sinnlos, denn es ist vergebliches Vemühen. Aber es ist schön, wie so vieles Sinnlose. Wer so dem Alter trotzt, in dem lebt der nämliche Heldengeist wie in der Alten Garde bei Waterloo, die eher starb, als daß sie sich ergab. Und für ein Soldatenherz ist das Nie-und-nimmer-sich-ergeben doch die Losung in allen Dingen des Lebens.

Der sich nie ergebende Brassard – er lebt übrigens noch; wie er lebt, das geht aus dem Folgenden hervor – war damals, als ich zu ihm in die Postkutsche stieg, im Lästermunde der Welt ein sogenannter »alter Schwerenöter«. Allerdings wem Zahlen und Urkunden über das Alter eines Menschen nicht viel bedeuten, weil jedermann just so alt ist, wie er aussieht, dem war und blieb der Graf einfach »ein Schwerenöter«, oder besser ausgedrückt – denn diese

Bezeichnung klingt zu kleinbürgerlich – ein Prachtmensch. Entschieden war er das zum Beispiel in den Augen der Marquise von V***, einer Kennerin in puncto Mannestugend, einer echten Dalila, die so manchen Simson unter ihrer Schere gehabt hatte. Alte Schwerenöter sind zumeist lüsterne, magere, dürftige, gezierte Erscheinungen. So darf man sich aber den Grafen von Brassard ja nicht vorstellen. Da bekäme man ein grundfalsches, Bild. Leib, Geist, Haltung, Bewegung, alles an ihm war stattlich, verschwenderisch, vornehm, herrenhaft-gelassen. Mit einem Worte, er war ein echter Dandy wie Georg Brummel in seiner besten Zeit. Wäre er weniger ein Dandy gewesen, so hätte er es zweifellos bis zum Marschall von Frankreich gebracht. Er war einer der glänzendsten Offiziere des ersten Kaiserreichs. Regimentskameraden von ihm haben mir des öfteren seine Tapferkeit gerühmt. 5ie sei so groß gewesen wie die von Murat und Marmont zusammengenommen. Dazu hatte er viel Witz und viel Kaltblütigkeit. Somit hätte er als Soldat rasch sehr hoch kommen können, wenn er eben nicht so sehr Dandy gewesen wäre. Einem Offizier müssen Gehorsam, Pünktlichkeit und allerlei andere Diensttugenden in Fleisch und Blut übergegangen sein. Das ist aber mit dem Dandytum unvereinbar. Man kann nicht Berufssoldat und zugleich Dandy sein. Offiziere wie Brassard sind in einem fort nahe daran, um die Ecke zu gehen. Und Brassard wäre während seiner Soldatenzeit zwanzigmal um die Ecke gegangen, wenn er nicht wie alle Lebenskünstler Glück gehabt hätte. Mazarin hätte ihn brauchen können; seine Nichten auch, freilich aus anderen Gründen. Brassard war wirklich ein Prachtmensch.

Er war mit jener Schönheit begnadet, die ein Soldat nötiger hat denn jeder andere. Ohne Schönheit hat man auch keine Jugend. Eine Armee muß sich jung fühlen; dann ist das ganze Land jung und schön. Übrigens war Brassards Schönheit, mit der er sich nicht nur die Frauen, sondern auch die guten Gelegenheiten – diese alten Vetteln – zu eigen machte, nicht sein einziger Schutzengel. Soviel ich weiß, war er normanischer Abkunft, ein Nachkomme Wilhelms des Eroberers. Auch er war ein Eroberer. Nach dem Sturze Napoleons hielt er es natürlicherweise mit den Bourbonen, und während der hundert Tage bewahrte er ihnen schier übernatürliche Treue. Als die Bourbonen dann abermals auf den Thron kamen, machte ihn Karl der Zehnte eigenhändig zum Ritter des Ludwig-Ordens.

Während der ganzen Zeit der Wiederherstellung zog »der schöne Brassard« kein einziges Mal auf Wache in den Tuilerien, ohne im Vorbeimarsch ein paar huldvolle Worte von der Herzogin von Angoulême einzuheimsen. Für ihn fand sie die Liebenswürdigkeit wieder, die ihr das Unglück geraubt hatte. Dem Kriegsminister waren diese Veweise allerhöchster Gnade nicht unbekannt. Er hätte wer weiß was für die Beförderung eines Offiziers getan, den Madame derart auszeichnete, aber es ging beim besten Willen nicht. Der Tollkopf warf bei einer Besichtigung vor der Front seines Regiments dem kommandierenden General, der ihm eine dienstliche Ausstellung machte, den Degen vor die Füße und der Minister vermochte den Grafen gerade noch mit knapper Not vor dem Kriegsgericht zu bewahren. Derlei Achtungslosigkeit machte Brassard im Heere unmöglich. Nur im Felde, wo er mit Leib und Seele Offizier war, fügte er sich höherem Befehl. Im Frieden kümmerte er sich den Teufel um Dienstvorschriften. Unzählige Male entfernte er sich unversehens aus seinem Standorte und vergnügte sich wer weiß wo, ungeachtet der Gefahr, sich endlosen Stubenarrest zuzuziehen. War Parade oder besonderer Dienst, so tauchte er wieder in der Kaserne auf, von seinem ihm treuergebenen Feldwebel benachrichtigt. Brassards Vorgesetzte hatten natürlich verdammt wenig für einen so zuchtlosen Offizier übrig, dessen Natur nun einmal keinerlei Zwang und Regel vertrug. Seine Grenadiere aber gingen für ihn allesamt durch das Feuer. Er war ihr Abgott. Von ihnen verlangte er nichts weiter, als daß sie durch und durch schneidig, ehrliebend und fesch waren. Mit einem Worte, er wollte Soldaten vom alten Schlag unter sich haben, Soldaten, wie man sie so meisterlich in gewissen alten Soldaten- und Volksliedern gezeichnet findet. Vielleicht verleitete er seine Untergebenen zur Rauferei untereinander, indem er behauptete, dies sei das beste Mittel, echte Soldaten zu erziehen. Tapferes Verhalten dabei belohnte er mit neuen Handschuhen, gutem Lederzeug und ähnlichen kleinen Geschenken, die er aus eigener Tasche bestritt. Er war ja steinreich. Hiezu pflegte er zu sagen: »Orden vermag ich den Kerlen nicht zu verleihen. Ich bin kein Fürst. Also kann ich sie nur damit dekorieren!« Die Kompagnie, die er führte, stach infolgedessen durch ihr schmuckes Aussehen alle anderen Kompagnien des an und für sich schon glänzenden Garderegiments aus. Er züchtete die Eitelkeit in seinen Leuten geradezu planmäßig. Bekanntlich neigt der französische Soldat sowieso zu Selbstgefälligkeit und Stutzertum, zwei Eigenschaften, die immer etwas Herausforderndes an sich haben: die eine durch den Ton, in dem sie zutage tritt; die andere durch den Neid, den sie erweckt. Und so war es nicht zu verwundern, daß alle anderen Kompagnien im Regiment eifersüchtig auf die Brassardsche waren. Man schlug sich, um in sie hineinzukommen, und man schlug sich immer wieder, um nicht hinauszumüssen.

Derart war Brassards sonderbarer Stand zur Zeit der Wiederherstellung. Daß er über kurz oder lang erledigt sein mußte, war jedermann klar. Man lebte ja nicht mehr unter dem Kaiserreich, wo jeder Tag Gelegenheit zu neuen Heldentaten bot, die alles andere vergeben und vergessen ließen. Seine Kameraden fanden kaum noch Worte über sein Benehmen. Er spielte geradezu mit seinen Vorgesetzten, so wie er ehedem im Felde mit seinem Leben gespielt hatte. Da kam das Jahr 1830 und mit ihm der Umsturz des Staates. Er enthob den Regimentskommandeur des Einschreitens und den tollen Hauptmann der Schande eines schlichten Abschiedes, der mit jedem Tage bedrohlicher über seinem Haupte geschwebt hatte. Als die Julirevolution die Orléans zu Herren des Landes machte, hütete der Hauptmann Brassard gerade das Bett. Er hatte sich auf dem letzten Ball der Herzogin von Berry beim Tanzen den Fuß verstaucht. Aber das hinderte ihn nicht, beim ersten Trommelwirbel zu seiner Kompagnie zu eilen. Da er noch keine hohen Stiefel anziehen konnte, erschien er im Hofballanzug, in seidenen Strümpfen und Lackschuhen, an der Spitze seiner Grenadiere, auf dem Bastillenplatze. Er bekam den Befehl, die Boulevards in ihrer ganzen Länge zu säubern. Barrikaden waren dort keine. Paris sah düster und drohend aus. Es war verödet. Die Sonne brannte wie Feuer. Bald sollte ein anderes Feuer blitzen; denn hinter all den geschlossenen Fensterläden harrten Tod und Verderben auf ihr Losungswort.

Der Hauptmann von Brassard teilte seine Leute in zwei Rotten, die zu beiden Seiten der Straße dicht an den Häusern entlang gingen, so daß sie nur den Schüssen von gegenüber ausgesetzt waren. Er selbst, mehr Dandy denn je, lief mitten auf dem Boulevard dahin. Tausend Flinten, Pistolen und Revolver richteten sich gegen ihn. Er kam bis zur Richelieu-Straße, ohne getroffen zu werden. Da, vor Frascati, an der Ecke der Richelieu-Straße, versperrte ihm die erste Barrikade den Weg. Er gab den Befehl, seine Leute sollten sich um ihn sammeln. Er wollte die Barrikade stürmen. Im selben Augenblick traf ihn eine Kugel in die Brust, die den Feind doppelt herausgefordert hatte, einmal durch ihre Breite und dann durch den Schmuck der Orden und Gardeabzeichen. Und ein Steinwurf zerschmetterte ihm den einen Arm. Gleichwohl nahm er die Barrikade und stürmte an der Spitze seiner begeisterten Leute bis zur Madeleine, die damals noch im Bau war. Auf einem Steinhaufen brach er blutend zusammen. Zwei Damen, die in einem Wagen aus dem Aufruhr der Stadt flüchten wollten, sahen ihn liegen und nahmen ihn mit. Er ließ sich von ihnen zum Gros-Caillou bringen, wo sich der Marschall von Ragusa aufhielt. Ihm meldete er im Diensttone: »Herr Marschall, ich habe vielleicht noch zwei Stunden zu leben. So lange bitte ich mich irgendwo zu verwenden!«

Es kam anders. Er blieb am Leben. Fünfzehn Jahre später hat er mir erzählt: »Was verstehen die Ärzte von ihrer Kunst? Damals hat mir der Stabsarzt auf das strengste verboten, während des Wundfiebers Wein zu trinken. Ich habe trotzdem täglich eine Flasche Bordeaux genehmigt. Und nur der hat mich vor dem sicheren Tode gerettet!«

Er trank wie ein Landsknecht. Aber auch im Trinken war er Dandy. Err besaß einen prachtvollen Pokal aus böhmischem Kristall, in den eine ganze Flasche Wein hineinging. Den konnte er mit einem Zuge leeren, so wahr ich hier stehe! Er hat mir übrigens gestanden, daß er alles in diesem Unmaße tue. Ich glaube es ihm. Er war ein zweiter Marschall Bassompierre und ein Zecher wie er. Auch nach dem tollsten Gelage habe ich ihn kaum mehr denn angeheitert gesehen. In seiner leichtfertigen Soldatenart nannte er das: ein bißchen angeschossen sein. Und noch eins. Wozu sollte ich es verheimlichen? Mit meiner Geschichte will ich ja nichts als ein Bildnis des Hauptmanns von Brassard in möglichster Treue geben. Also Brassard, dieser Ritter Blaubart des neunzehnten Jahrhunderts, hatte einstmals zu gleicher Zeit sieben Herzensdamen. Er nannte sie romantisch: die sieben Saiten seiner Leier. Ich billige diese leichtfertige musikalische Art, von seinen Sünden zu sprechen, durchaus nicht. Aber was soll man sagen? Wäre der Hauptmann nicht in allem so gewesen, wie ich Ihnen erzählt habe, dann wäre meine Geschichte eben auch weniger merkwürdig. Oder vielmehr, Sie bekämen dann gar keine zu hören.

Selbstverständlich dachte ich an alles andere denn daran, den Grafen in der Postkutsche vorzufinden, als ich damals in Rueil einstieg. Wir hatten einander seit langem nicht gesehen, und ich war sehr vergnügt über unser Zusammentreffen, wurden mir doch ein paar Plauderstunden mit einem Menschen geschenkt, der zwar ein Zeitgenosse von mir war, aber doch im Grunde einer vergangenen Welt angehörte. Wenn er die Rüstung Franz des Ersten angelegt hätte, wären seine Bewegungen darin ebenso ungezwungen gewesen wie in seinem flotten blauen Waffenrock. Er war in Haltung und Gestalt elegant wie keiner unserer Kavaliere von heute. Neben ihm verloren die neumodischen kleinen Helden ihr bißchen Glanz wie blasse kleine Sterne, die sich am Abendhimmel hervorwagen, während die flammende Sonne eines strahlenden Tages noch nicht untergegangen ist. Sein Gesicht war nicht klassisch geschnitten, aber von ganz eigenartiger Schönheit. Sein Haar war immer schwarz. Natur oder Kunst? Ich weiß es nicht. In jedem Falle war es ein Geheimnis. Den ebenso schwarzen Bart trug er kurzgeschnitten. Seine Gesichtsfarbe war männlich und frisch; seine Stirn hoch, edel, glatt und weiß wie ein Frauenarm. Durch die schwere Grenadiermütze war ihm das Haar über der Stirn reichlich dünn geworden, wodurch sie noch breiter und vornehmer aussah. Unter geschwungenen Brauen leuchteten ein Paar tiefdunkelblaue Augen hervor wie funkelnde Saphire. Diese Augen fragten nicht viel; sie durchdrangen.

Wir begrüßten einander und gaben uns die Hand. Dann begannen wir uns zu erzählen. Der Hauptmann redete langsam mit kräftiger Stimme, der man es anhörte, daß sie gewohnt war, über dem Exerzierplatz zu ertönen. Seine Gemessenheit war durchaus kein Zeichen von Unbeholfenheit, aber sie verlieh allem, was er sagte, ein eigentümliches Gepräge, selbst seinen Scherzworten. Und solche liebte er sehr, sogar recht gewagte. Er hatte sozusagen eine lose Zunge. Die schöne Gräfin F***, die sich seit dem Tode ihres Mannes nur noch in Schwarz, veilchenblau und weiß kleidet, behauptet, der Hauptmann von Brassard gehe immer zu weit. Seine Art hätte man manchmal für unerhört erklären können, wenn sie nicht dabei so unsagbar weltmännisch gewesen wäre. Und wie das so ist: einem Grafen und Gardeoffizier verzeiht man schließlich manches.

Ein Vorteil der Plauderei auf Reisen ist es, daß man aufhören darf, wenn man nichts mehr zu sagen weiß. Niemand fühlt sich gekränkt.

Brassard und ich, wir tauschten zunächst ein paar Bemerkungen aus über Vorgänge während der Fahrt, etliche Beobachtungen über die Landschaft um uns und einige Erinnerungen an gemeinsame frühere Erlebnisse, alles im Flusse des Geratewohls. Der Tag ging zur Neige. Die Dämmerung brach an. Alles ringsum versank in tiefe Stille. Im Herbst vollzieht sich der Wandel vom Tag zur Nacht so rasch, daß es einem vorkommt, als falle die Dunkelheit geradezu vom Himmel auf die Erde. Die Nacht war frisch, wir krochen in unsere Mäntel und sanken in unsere Ecken zurück. Ich weiß nicht, ob mein Reisekamerad in seinem Winkel einschlummerte. Ich blieb wach. Da ich die nämliche Fahrt schon oft gemacht hatte, war mir die allzu bekannte Gegend völlig gleichgültig. Ich kümmerte mich nicht um die Dinge draußen, die in der Dunkelheit an uns vorüberhuschten, als kämen sie aus entgegengesetzter Richtung an uns vorbei, wir kamen durch ein paar kleine Landstädte, wie sie hie und da an jener Heeresstraße liegen. Die Nacht war schwarz wie ein ausgebrannter Herd. In dieser Finsternis hatten die unbekannten kleinen Orte seltsame Gesichter. In den meisten Städtchen, durch die wir kamen, waren die Laternen rar. So konnte man weniger erkennen als vorher auf der Landstraße. Dort erzeugten der Himmel und der weite Raum ein gewisses Halbdunkel. In den Städten indes drängten sich die Häuser und ihre schwarzen Schatten füllten die Straßen. Man sah kaum den Himmel und nur ein paar Sterne zwischen den langen Dächerreihen. Sie hatten etwas Geheimnisvolles, diese schlafenden kleinen Städte. Der einzige wachende Mensch war immer der Stallknecht mit seiner Laterne, der die frischen Pferde herbeiführte und sie anschirrte, wobei er pfiff oder über die störrischen oder ihm zu unruhigen Gäule fluchte. Abgesehen davon und außer der immer gleichen Frage eines schlaftrunkenen Reisenden, der das Fenster herunterließ und in das tiefe nächtliche Schweigen hinausrief:»Wo sind wir denn, Kutscher?«, war nichts Lebendes zu hören und zu sehen, weder draußen noch drinnen in unserem Postwagen, in dem vielleicht noch ein anderer Grübler, gleichwie ich, durch die Glasscheibe nach den Häusern starrte, die uns die Nacht kaum erkennen ließ.

Das einsame Wachen eines menschlichen Wesens, und sei es eines Wachtpostens, während alle anderen in den todähnlichen Zustand versunken sind, der das Ausruhen der erschöpften Natur ist, hat immer etwas Sonderbares an sich. Irgendwo ist Licht hinter einem verhängten Fenster, aber wir wissen nicht, was dahinter vorgeht. Wir grübeln darüber nach und machen uns Vorstellungen. Mir wenigstens geht es so. Wenn ich nächtlicherweile durch ein stilles Städtchen fuhr und ein Fenster erleuchtet sah, so habe ich den hellen Raum dahinter mit einer Welt von Geschehnissen erfüllt, wenn ich gerade keine Tragödien dahinter vermutete. Noch heute, nach so vielen Jahren, trage ich in meinem Gedächtnis eine Reihe von geheimnisvoll schimmernden Fenstern. Eines aber ist mir ganz besonders deutlich in der Erinnerung verblieben.

Es war in einer kleinen Stadt, durch die wir – Brassard und ich – in jener Nacht fuhren, das Fenster eines Hauses, drei Häuser über den Gasthof hinaus, vor dem wir die Pferde wechseln sollten. Meine Erinnerung an alle Nebenumstände ist geradezu handgreiflich. Ich konnte die Fenster in aller Muße betrachten. Ein Rad an unserer Postkutsche hatte unterwegs einen Schaden bekommen. Man holte den Stellmacher. Der schlief. Es ist nun keine Kleinigkeit, in einer schlafenden Kleinstadt einen Stellmacher zu wecken und zu nächtlicher Arbeit heranzuholen. In der Tat währte es sehr lange, ehe er kam.

Von unserem Sonderabteil hörte ich durch die Wand hindurch die Reisenden im Wagen schnarchen, vom Verdeck war keiner herabgestiegen. Bekanntlich haben doch die Inhaber der Oberplätze geradezu eine Leidenschaft, jedesmal, wenn die Post hält, herunterzukommen. Offenbar wollen sie ihre Gewandtheit im Auf- und Abklettern zeigen. Die liebe Eitelkeit der Franzosen betätigt sich selbst in derlei Dingen. Der Gasthof, vor dem wir haltgemacht hatten, war geschlossen, wir hatten in der Haltestelle vorher zu Abend gegessen. Das Haus lag im Schlafe. Nirgends Leben. Kein Geräusch in all der Stille. Nur im großen Hofe, dessen Tor wohl nachts offen zu bleiben pflegte, machte sich das einförmige Hinundher eines Besens hörbar. Ob ein Mann oder eine Frau diese Arbeit betrieb, war in der Dunkelheit nicht zu erkennen. Die Hauptseite des Gasthofes war so dunkel wie die ganze Straße. Nur hinter einem einzigen Fenster war Licht, eben jenem Fenster, das mir unvergeßlich geblieben ist. Noch jetzt schimmert es in meinem Gedächtnis. Es war nicht hell. Es schimmerte nur. Denn das Licht drinnen ward gedämpft durch ein paar rote Vorhänge. Geheimnisvoll sickerte es durch den dichten Stoff. Das Haus war groß, hatte aber nur ein einziges, allerdings hohes Stockwerk.

»Das ist doch sonderbar!« sagte der Graf von Brassard, als rede er mit sich selbst. »Man sollte meinen, es sei noch immer derselbe Vorhang!«

Ich wandte mich ihm zu; aber ich konnte ihn in der Dunkelheit nicht recht sehen, denn im nämlichen Augenblick erlosch die Laterne unter dem Kutscherbock, die den Weg und die Pferde beleuchten sollte. Ich hatte geglaubt, Brassard schliefe. Aber er schlief nicht. Und das seltsame Fenster beschäftigte ihn genau so stark wie mich. Eines jedoch hatte er vor mir voraus: er wußte, warum ihn das Fenster anzog. Die paar Worte, so nichtssagend sie an und für sich waren, hatte er in einem Tone gesagt, der mir an ihm dermaßen ungewohnt war, daß mich die lebhafteste Neugier befiel. Ich mußte sein Gesicht sehen! Rasch entzündete ich ein Streichholz, als wollte ich mir eine Zigarre in Brand setzen. Der bläuliche Lichtschein durchzuckte die Finsternis.

Der Graf sah totenbleich aus. Was machte ihn so blaß, ihn, den Vollblüter, der sich sonst nie entfärbte, dem im Gegenteil jedwede Erregung einen roten Kopf verursachte? Hinter jenem Fenster, hinter jener Bemerkung, in dem Erbleichen dieses Mannes und in der Erregung, die seinen Körper durchflutete, was ich in der Enge des dunklen Wagens verspürte, in all dem war ein Geheimnis verborgen. Vielleicht gelang es mir altem Geschichtenjäger dahinterzukommen, wenn ich es geschickt anfing.

»Verehrter Hauptmann,« begann ich mit erheuchelter Gleichgültigkeit, »Sie betrachten das Fenster da! Und es ist Ihnen gut bekannt!«

»Gut bekannt! Beim Teufel, ja!« gab er zur Antwort mit seiner gewohnten, kräftigen und jede Silbe betonenden Stimme.

Die Ruhe herrschte bereits wieder in diesem seiner selbst sicheren, überlegenen Weltmanne, der, wie alle Herrenmenschen, jedwede Erregung für unter seiner Würde hielt, ganz im Gegensatz zu Goethe, dem ewigen Toren, der vom *Nil admirari!* nichts wissen wollte.

»Ich komme selten durch diesen Ort«, fuhr Brassard gelassen fort. »Ich vermeide es sogar nach Möglichkeit. Wissen Sie: es gibt Dinge, die man nie vergißt. Wenige. Aber es gibt welche. Ich kenne ihrer drei: den ersten Waffenrock, das erste Gefecht, die erste Frau! Und das Fenster, das Sie dort sehen, das ist für mich das vierte, was mir nicht aus dem Sinne will.«

Er schwieg und ließ die Glasscheibe vor sich herunter. Wollte er das geheimnisvolle Fenster drüben besser sehen? Der Postkutscher war nach der Schmiede gegangen. Die neuen Pferde ließen noch immer auf sich warten. Die uns bisher gezogen, standen müde da, noch nicht ausgespannt, mit hängenden Köpfen. Keines scharrte auf dem stillen Pflaster. Geduldig träumten sie von ihrem Stalle. Unser verschlafener Postwagen sah aus wie verwunschen, als habe ihn eine Fee an einem Kreuzwege in Dornröschens Nähe mit ihrem Zauberstabe berührt.

»In der Tat,« meinte ich, »für einen Phantasiemenschen hat das Fenster da etwas ganz Merkwürdiges ...«

»Ich weiß nicht, was es in Ihnen erweckt «, unterbrach mich der Graf. »Ich weiß nur, an was es mich erinnert. Es ist das Fenster meiner ersten Leutnantswohnung. Donnerwetter, das ist jetzt fünfunddreißig Jahre her! Dort hinter den Vorhängen ... Die Dinger sehen aus, als wären sie noch die gleichen! Genau so schimmerte damals das Licht durch, damals, als ...«

»Sie Ihre kriegswissenschaftlichen Studien beim Rampenlicht dort oben betrieben, als eifriger junger Offizier«, fiel ich ein, weil es mir vorkam, als wolle er Erinnerungen niederdrücken, auf die ich nun einmal erpicht war.

»Da überschätzen Sie mich sehr!« entgegnete er mir. »Ein junger Offizier war ich und die Lampe brannte in die Nacht hinein, bis zu ganz ungebührlicher Zeit, wie der Spießbürger so sagt. Gewiß. Aber im ›Marschall von Sachsen‹ las ich nicht.«

»Na, na!« scherzte ich. »Aber nachgeeifert haben Sie ihm doch!« Wie eine Leuchtkugel zischte meine Bemerkung zu ihm hinüber. Solch Spiel gefiel ihm. Er ging darauf ein.

»Nein, nein! Damals war ich durchaus nicht ein Schüler des Marschalls, so wie Sie dies meinen. Das ist erst viel, viel später gekommen. Zu jener Zeit war ich ein kindlicher Leutnant, bildsauber in seinem bunten Rocke, aber im Umgange mit den Frauen linkisch und schüchtern, obgleich das keine wahrhaben wollte, wegen meiner Teufelsaugen. Man kann mit Schüchternheit viel erreichen. Ich hab' es nie versucht. Übrigens war ich damals siebzehn Jahre alt, eben aus der Kriegsschule heraus. Heutzutage ist man älter, wenn man hineinkommt. Aber der Kaiser, der unersättliche Menschenverbraucher, hätte am Ende Zwölfjährige ins Feuer geführt, wenn er weiter der Herr geblieben wäre, wie die Fürsten des Morgenlandes Neunjährige in ihrem Harem haben.«

Du lieber Gott, dachte ich bei mir. Wenn Brassard vom Kaiser und den Odalisken des Morgenlandes zu erzählen beginnt, dann kommen wir weitab von dem, was ich hören wollte. Rasch lenkte ich auf den alten Gegenstand zurück: »Bei alledem, Graf, möchte ich doch wetten, daß hinter den roten Vorhängen in Ihrer nur darum so getreuen Erinnerung ein Frauenbild lebt.«

»Sie gewännen Ihre Wette«, erwiderte er ernst.

»Also doch!« rief ich aus. »Und weiter! Einem Mann wie Ihnen kann ein im Dunkeln herschimmerndes Fenster in einem Spießernest, durch das Sie alle Jubeljahre wieder einmal durchfahren wie heute, doch nur dann von Bedeutung bleiben, wenn es Sie an eine langwierige Belagerung oder an die Eroberung einer Frau im Sturm erinnert.«

»Von einer Belagerung kann nicht die Rede sein, wenigstens nicht im militärischen Sinne«, fuhr er ernst fort. Sein Ernst war indes oft die Maske, hinter der er seinen Scherz trieb. »Und erst recht nicht von einem Sturme. Ich habe Ihnen bereits gesagt, daß ich dazumal kein Eroberer war Überhaupt, es war keine Frau, die hier genommen ward, sondern ich war es!«

Ich verbeugte mich. Gewahrte er es in der Dunkelheit? »Auch Berg-op-Zoom ist gefallen«, sagte ich.

»Und ein siebzehnjähriger Leutnant ist für gewöhnlich kein Berg-op-Zoom an Sündhaftigkeit und Uneinnehmbarkeit«, fügte er hinzu.

»Also eine Frau Potiphar«, bemerkte ich lachend.

»Vielmehr ein Fräulein Potiphar«, verbesserte er in drolliger Einfalt.

»Höher geht's nimmer, verehrter Hauptmann. Anderseits: ein Josef im bunten Rock, mithin einer, der nicht ausreißen darf.«

»Im Gegenteil, einer der auskniff, als wäre der Teufel hinter ihm her!« belehrte er mich, kalt wie ein Frosch. »Allerdings zu spät. Großer Gott, wie trieb mich die Angst! Ich kann das Wort des Marschalls Ney verstehen, das ich selbst von ihm gehört habe und mich einigermaßen tröstet: Ein Erzschwindler, wer von sich sagt, er habe sein Lebtag keine Angst gehabt!«

»Alle Wetter, Graf, eine Geschichte, in der Sie diese Empfindung verspürt haben, die muß verflucht kitzlig sein!«

»Bei Gott ja!« bekräftigte er wortkarg. Dann aber fuhr er fort: »Übrigens kann ich Ihnen die Sache erzählen, wenn Sie es wollen. Wie Säure den blanken Stahl, so hat dies Erlebnis alle meine späteren Liebschaften angefressen. Man ist nicht immer ungestraft ein Sünder.«

Die Wehmut, die seine letzten Worte durchklang, überraschte mich an diesem Lebenskünstler, den ich gegen derlei für gefeit gehalten hatte. Er zog das Wagenfenster wieder hoch. Befürchtete er, draußen gehört zu werden, wo sich doch kein Mensch um unser einsames und unbewegliches Gefährt kümmerte? Oder störte ihn das gleichförmige Geräusch des Besens, der über das Pflaster des Hofes hin und her strich, in seiner Erzählung? Es war mir in der Dunkelheit unmöglich, Brassards Gesicht zu sehen. Um so aufmerksamer lauschte ich auf jeden leisen Wandel in seiner Stimme, während meine Augen unverwandt hinüber nach dem seltsamen Lichtschimmer hinter den roten Vorhängen starrten, von denen er jetzt zu erzählen begann.

»Ich war also siebzehn Jahre alt. Unlängst von der Kriegsschule gekommen, eben zum Leutnant unter Versetzung in ein einfaches Infanterieregiment befördert, harrte ich mit der üblichen Ungeduld des Marschbefehls nach Deutschland, wo der Kaiser den Feldzug von 1813, wie ihn die Geschichte nennt, führte. Von meinem alten Herrn im Hinterlande hatte ich bereits Abschied genommen. Das Bataillon, zu dem ich gehörte, hatte seinen Standort in dieser kleinen Stadt. Der Ort hatte keine dreitausend Einwohner und so lagen hier nur die beiden ersten Bataillone meines Regiments. Die zwei anderen waren in ein paar Nachbarorten untergebracht. Wenn man wie Sie nur hin und wieder durchkommt, so kann man sich keinen Begriff machen, was es heißt oder vielmehr hieß, vor dreißig Jahren, in diesem Saunest dauernd leben zu sollen. Es war die übelste Garnison, in die einen der Zufall beordern konnte, der Zufall, der zumeist der Teufel, hier einmal aber der Kriegsminister war. Und dies zu Veginn meiner militärischen Laufbahn! Ich fluchte nicht schlecht, als ich herkam. Mehr Stumpfsinn, Rückständigkeit und Langeweile als hier konnte es nirgends beieinander geben. Zu meinem Glück litt ich damals noch an einer Krankheit, die Sie nicht kennen, die aber alle einmal durchmachen, die je einen Leutnantsrock tragen: an der Verliebtheit in die Uniform. Diesem Umstand hatte ich es zu verdanken, daß mir die öde Welt dieser kleinen Spießerstadt, die ich ein paar Jahre später keine volle Woche ertragen hätte, eigentlich gar nicht zum Bewußtsein kam. Ich wohnte weniger in ihr als vielmehr in meinem Waffenkleide, das mich jungen Dachs namenlos glücklich machte, vernarrt in meinen Beruf, der mir die ganze Welt verwandelte und vergoldete, was ging mich da diese traurige Garnison an? Wenn mich die Langeweile dieses geistlosen und gottvergessenen Ortes plagte, zog ich meine Paradeuniform an, gefertigt von den besten Pariser Uniformschneidern, Thomassin & Pied, – und weg war aller Stumpfsinn! Es ging mir wie manchen Frauen, die ihren schönsten Schmuck anlegen, obgleich sie einsam und allein sind und sie niemanden erwarten. So warf ich mich in Gala nur für mich. Ich berauschte mich an meinen Achselschuppen, an meiner Paradeschärpe, an meinem Galadegen, der im Sonnenlichte gleißte und glänzte. Und wenn ich dann einen wie alle Tage am Nachmittag gegen vier Uhr auf der öden Hauptstraße hinschlenderte, war ich bei aller Verlassenheit doch seelenvergnügt. Ein ähnliches Gefühl hob mir das Herz wie in späteren Tagen, wenn ich, einer schönen Frau zur Seite, auf dem Korso irgendwelcher Weltstadt promenierte und hinter uns bewundernde Worte hörte.

Die Einwohnerschaft war arm. Verkehr und Geselligkeit gab es nicht. Die vorhandenen alteingesessenen, nicht wieder in die Höhe gekommenen Familien grollten dem Kaiser, weil er, wie sie vermeinten, den Revolutionsmännern allen Raub gelassen habe. Infolgedessen ließ man auch seine Offiziere links liegen. Einladungen, Empfangstage, Gesellschaften, Bälle, Maskeraden, alles das waren Dinge, die man hier nicht kannte. Allerhöchstens gab es Sonntags, wenn schönes Wetter war, nach der Zwölf-Uhr-Messe ein armseliges bißchen Korso, wo die Mütter mit ihren Töchtern auftauchten und sie ausführten, bis sie um zwei Uhr beim ersten Vesper-Gebimmel röckeraschelnd wieder in der Kirchtüre verschwanden. Dann war auch das wieder vorbei. Damals gingen wir Offiziere in keine Messe. Das begann erst nach der Wiederherstellung. Von da an war es großer Regimentsdienst. Das ganze Offizierskorps mußte erscheinen. In kleinen Garnisonen war das übrigens die einzigste Abwechslung eines gleichförmigen Daseins. Aber unter dem Kaiser gab es das noch nicht und damit auch nicht die geringste Aussicht, sich an die besseren Mädchen der Stadt heranzupirschen. Traumgestalten gleich schwebten sie an uns vorüber, verbotene Früchte, sorgsam eingezäunt! Wenn es wenigstens eine Entschädigung dafür gegeben hätte! Aber die Paradiese, von denen man in der guten Gesellschaft nicht spricht, waren ungenießbar und die Kaffeehäuser so armselig, daß wir unsere schöne Uniform geschändet hätten, wenn wir in eines davon gegangen wären. Damals gab es in diesem Städtchen, in das heute wie überall ein gewisser Prunk eingezogen ist, nicht einmal einen halbwegs anständigen Gasthof, in dem wir eine Offizierstafel hätten gründen können. Die vorhandenen Kneipwirte beuteten uns nur aus, so daß wir auf eine gemeinsame Mahlzeit verzichteten und uns bei minderbemittelten Bürgerfamilien Wohnung und Verpflegung suchten. Das kostete immer noch genug, denn die lieben Leutchen nutzten diese Gelegenheit aus, ihren kärglichen Mittagstisch oder ihre mäßigen Einkünfte durch uns möglichst zu verbessern. Ich machte es wie die anderen. Ein Kamerad von mir wohnte in dieser Gasse hier, in der Post. Sehen Sie, dort, ein paar Häuser weiter, da war sie früher. Bei Tage sieht man die altertümliche vergoldete Sonne über der Einfahrt. Mein Freund mietete mir eine Stube in dem Hause da drüben, mit dem Fenster dort, das mir vorkommt, als wäre es noch immer das Fenster meiner Wohnung. Ich ließ mich von meinem Kameraden dorthin einquartieren. Er war älter als ich, schon länger im Regiment, und er gefiel sich darin, mich in meiner Unerfahrenheit, die mehr Gleichgültigkeit war, zu bemuttern. Ich habe bereits erwähnt, daß mir alles einerlei war. Ich lebte in der einzigen Hoffnung, recht bald die Kanonen donnern zu hören und im ersten Gefecht meine militärische Jungfernschaft zu verlieren. Verzeihen Sie mir diesen Landsknechtausdruck! Sie in unserer schlappen Zeit der Friedenskongresse und Humanitätsduselei, Sie können dergleichen kaum noch verstehen. Ich indes stand ganz im Banne jener kriegerischen Tage. Ich lebte in meinen Träumen. Lebt doch der Mensch überhaupt mehr in seinem eingebildeten denn im wirklichen Dasein. Dabei lebte ich wie eine fromme Seele für ein Jenseits, wie ein Mönch. Der Soldat hat ja manches gemein mit dem Mönche. So war ich beides. Außer den Mahlzeiten, die ich mit meinen Wirtsleuten einnahm, und den Stunden, die der Dienst beanspruchte, lag ich die meiste Zeit in meiner Stube auf einem riesigen blauen Ledersofa, das mich, besonders wenn ich vom Exerzieren heimkam, wie ein kaltes Bad berührte. Zuweilen ging ich zu meinem Kameraden in die Post, um mit ihm zu fechten oder Ecarté zu spielen. Ludwig von Meung – so hieß er – war nicht solch ein Träumer wie ich. Er hatte unter den Grisetten der Stadt eine nette kleine Maus aufgegabelt, die ihm die Zeit totschlagen half. Was ich bis dahin mit Weibern erlebt hatte in den paar freien Stunden auf der Kriegsschule, das war zu wenig verlockend, als daß ich mir ein Beispiel an ihm hätte nehmen wollen. Zudem gibt es Naturen, deren wahre Sinnlichkeit erst spät erwacht.

Nun aber zu meinen Wirtsleuten! Ein biederes Spießbürgerpaar. Mann wie Frau schon bejahrt. Beide nicht ohne Lebensart. Besonders mir gegenüber waren sie von einer Artigkeit, wie man sie heutzutage unter solchen Leuten vergebens sucht und die einen wie altmodischer Lavendelduft anmutet. Übrigens war ich damals noch nicht in den Jahren, wo man Menschenbeobachter ist. Die beiden Alten waren mir viel zu gleichgültig, als daß es mir eingefallen wäre, in ihre Vergangenheit eindringen zu wollen. In der oberflächlichsten Weise verbrachte ich täglich zwei Stunden mit ihnen, mittags und abends bei Tische. Unsere Unterhaltung bildete gewöhnlich der Stadtklatsch, den sie mir beibrachten, wobei der Mann sein Vergnügen daran hatte, alle Welt ein bißchen zu verlästern, während seine überaus fromme Ehehälfte mehr Zurückhaltung, aber doch das gleiche Behagen am Gerede bewies. Von sich selbst sprachen sie nicht. Indes vermeinte ich aus allerlei herausgehört zu haben, daß der Mann in jungen Jahren, ich weiß nicht, in wessen Auftrag und zu welchem Zwecke, in die weite Welt gegangen und nach langen Jahren zurückgekommen war, um die Frau zu heiraten, die auf ihn gewartet hatte. Wie gesagt, es waren zwei anständige, höfliche alte Leute, die ein geruhsames Dasein führten. Die Frau strickte den lieben langen Tag Strümpfe für ihren Mann; und er, ein Musiknarr, fiedelte in einem Dachstübchen, grade über meinem Zimmer, auf seiner Geige altmodische Stücke. Vermutlich hatten sie bessere Zeiten gesehen, und um irgend einen Geldverlust wettzumachen, waren sie Vermieter geworden. Aber abgesehen davon, machte sich dies in keiner Weise bemerkbar. Denn alles im Hause deutete auf altmodischen Wohlstand, der Überfluß an duftender Wäsche, das schwere Silberzeug und die großen Möbelstücke. Ich fühlte mich wie zu Haus. Auch die Küche war gut. Bei Tische bediente uns eine alte Dienerin namens Olivia. Ich nahm mir die Freiheit, sofort nach der Mahlzeit aufzustehen.

Ich wohnte ungefähr ein halbes Jahr in dieser Einsiedelei, als ich eines Mittags beim Eintritt in das Eßzimmer ein hochgewachsenes junges Mädchen erblickte. Obgleich mir meine Wirtsleute nie ein Wort von dem Vorhandensein dieses Wesens berichtet hatten, sah ich doch sofort an ihrem Benehmen, daß sie in das Haus gehörte. Offenbar war sie eben von einem Spaziergang heimgekommen. Sie stand auf den Fußspitzen und hängte ihren Bänderhut an einen Haken in der Ecke auf. Der Haken war in beträchtlicher Höhe eingeschlagen, und so mußte sie sich recken. Dabei verriet sich ihr ganzer herrlicher Wuchs. Sie stand da wie die Mänade des Skopas. Ein grünseidenes Mieder umschloß ihre Taille; seine Fransen hingen über ihren weißen Rock, der nach der damaligen Mode um die Hüften eng zusammengezogen war. Man scheute sich damals nicht zu zeigen, was man hatte. Als sie mich wahrnahm, wandte sie den Kopf halb um, so daß ich ihr Gesicht sehen konnte. Die Arme aber behielt sie weiterhin hoch. Ohne sich im geringsten durch mich stören zu lassen, ordnete sie die Bänder, damit sie nicht gedrückt würden. Das tat sie langsam, bedächtig, beinahe als ob sie mich ärgern wollte. Denn ich stand doch wartend da, um mich ihr vorzustellen. Endlich tat sie mir die Ehre an, mich richtig anzusehen, mit einem Paar schwarzen, kühlen Augen, unter den Locken ihres über die Stirn fallenden, kurz geschnittenen Titushaares. Wer ist dies junge Mädchen? fragte ich mich erstaunt. Noch niemals hatten wir einen Tischgast gehabt. Und sie war doch gewiß zum Essen gekommen, denn der Tisch war für vier gedeckt.

Da kamen die beiden Alten herein und stellten sie mir als ihre Tochter vor, die aus dem Pensionat zurückgekehrt sei, um fortan unser Stilleben zu teilen. Ich war sprachlos. Ihre Tochter! Diese Leute hatten solch eine Tochter! Selbstverständlich meine ich das nicht im physiologischen Sinne. Denn ich weiß und Sie gewiß auch, daß die hübschesten Mädels der Welt von wer weiß was für Eltern stammen können. Es kommt vor, daß der grundhäßlichste Mensch das bildschönste Geschöpf in die Welt setzt. Aber hier! Das war ein Rassenunterschied, der die Junge von den Alten sonderte. Physiologisch betrachtet – um mich nochmals dieses stolzierenden Schulmeisterausdruckes zu bedienen, den *Ihre* Zeit geprägt hat, nicht die meine! – also physiologisch betrachtet, erkannte man den Unterschied schon in ihrer Haltung. Über ihrem ganzen Wesen lag eine bei solcher Jugend äußerst seltene Gemessenheit, um diese schwer in Worte zu fassende eigene Art so zu nennen. Unter die sogenannten schönen Weiber, die man gern sieht und gleich wieder vergißt, gehörte sie nicht. Es war etwas so Besonderes an ihr, daß sie auf den ersten Blick nicht bloß völlig anders erschien als ihre Eltern, sondern überhaupt völlig anders als alle Menschen. Sie mußte anders sein in ihren Gefühlen und Empfindungen, in ihrem Leben und ihren Leidenschaften. Man stand vor ihr wie vom Monde gefallen. Kennen Sie von Velasquez die Infantin mit dem Wachtelhund? Ungefähr so sah sie aus. Nicht hochmütig, nicht verächtlich oder geringschätzig. Nein, nur gründlich gleichgültig. Menschen, die sich hochmütig oder geringschätzig benehmen, geben sich doch immer noch die Mühe, sich mit uns in Vergleich zu setzen. Aber solche Gleichgültigkeit leugnet einfach unsere Gegenwart. Das war der Ausdruck ihres ganzen Wesens. Noch heutigentags stehe ich vor der unbeantwortbaren Frage, die sich mir von der ersten Stunde an aufdrängte: wie ist dieses feine schlanke Geschöpf zu diesem Vater gekommen, zu diesem behäbigen, redseligen, geschmacklos gekleideten Spießbürger mit Doppelkinn, Speckbuckel und Fettwanst? Und wenn man vom Manne absah – denn auf den Ehegatten kommt es ja in solchen Fragen schließlich nicht an –, so sah die Frau ebensowenig aus, als könne sie die Erzeugerin Albertinens gewesen sein. Albertine, so hieß die rassige Herzogin, die wie zu Spott und Hohn vom Himmel heruntergefallen sein mußte, in die Mitte dieses ehrsamen, blöden, ihr wesensfremden Philisterehepaares.

Alberte, wie sie der Kürze halber genannt wurde, erschien mir von Anfang an als eine wohlerzogene, für gewöhnlich schweigsame junge Dame. Wenn sie zuweilen etwas zu sagen hatte, sprach sie dies in gut gewählten, aber sehr knappen Worten aus. Dann schwieg sie wieder. Überdies hätte sie noch so geistvoll sein können – ich weiß nicht, wes Geistes Kind sie war – es wäre bei unseren Tischgesprächen verborgen geblieben, denn wir redeten lediglich über das Wetter. Mit dem Stadtklatsch war es seit ihrer Ankunft aus.

Allmählich verlor die junge Dame, die mich zuerst so sehr in Verwunderung gesetzt hatte, ihre Anziehungskraft mir gegenüber, da sie aus ihrer Teilnahmslosigkeit nicht herausging. Wäre sie mir in meinem Gesellschaftskreise begegnet, so hätte mich ihre Gleichgültigkeit unbedingt aus dem Gleichgewicht gebracht. So aber war sie mir ein Wesen, das man nicht begehrt, weder im Ernst noch im Spiel. Ich war Mietsgast im Hause ihrer Angehörigen und demgemäß ihr gegenüber in einer heiklen Lage, die durch eine Geringfügigkeit unmöglich werden konnte. Sie stand mir weder nah noch fern genug, um mir etwas sein zu können. Und so kam es ganz ungezwungen und unwillkürlich, daß ich ihrer Unpersönlichkeit mit vollkommenem Gleichmut begegnete.

Und so blieb er zwischen uns beiden. Wir verkehrten miteinander in förmlicher, oberflächlicher Höflichkeit. Sie war für mich ein Bild. Ich sah es kaum noch. Und was war ich ihr? Wir kamen nur bei Tisch zusammen und da galt ihre Aufmerksamkeit jedwedem kleinen Gerät mehr als meiner Person. Was sie sagte, war gewählt und gewandt, aber ganz farblos. Es gab mir keinen Aufschluß über ihr inneres Wesen. Was ging mich das auch an? Mir wäre es nie eingefallen, dieses unnahbare Geschöpf mit der so unangebrachten Prinzessinnenmiene näher kennen lernen zu wollen, wenn sich nicht etwas ereignet hätte, das mich wie ein Blitz traf, wie ein Blitz aus heiterem Himmel.

Eines Abends, etwa vier Wochen nachdem sie heimgekehrt war, hatten wir uns zu Tisch gesetzt, Albertine neben mir. So wenig Aufmerksamkeit schenkte ich ihr, daß es mir nicht einmal auffiel, sie ausnahmsweise an meiner Seite zu haben, während sie sonst zwischen ihren Eltern zu sitzen pflegte, Wie ich nun an jenem Abend gerade mein Mundtuch über meine Knie breitete, da – wie soll ich Ihnen meine Verwunderung, meine Empfindungen schildern? – da umschlang eine fremde Hand die meine, unter dem Tisch, fest und dreist. Ich vermeinte zu träumen. Oder vielmehr ich hatte überhaupt keinen Gedanken, nur das unfaßbare Bewußtsein, daß eine verwegene Hand die meine unter dem Mundtuche festhielt. Das war mir ebenso unerhört wie unerwartet. Entflammt von diesem Griff, getrieben von einer starken Kraft, jagte mir das Blut vom Herzen bis an diese Hand und von ihr wieder zurück, in mein Herz. Es flimmerte mir vor den Augen. Es sauste mir in den Ohren. Ich glaube, ich war schrecklich blaß geworden. Es war mir, als verlöre ich mein Bewußtsein, als versänke ich in die unsagbare Wollust, die dem Fleisch dieser schlanken, beinahe männlich-kräftigen Hand entströmte, in der die meine gebannt lag. Wenn man jung ist – erinnern Sie sich? – erschreckt einen die Sinnlichkeit geradezu. Ich versuchte deshalb, meine Hand der tollen Umfassung zu entziehen. Aber diese andere Hand, der wachsenden Lust bewußt, die sie mir mitteilte, hielt sie sieghaft gefangen in heißem, köstlich verhaltenem Begehren ...

Fünfunddreißig Jahre ist das her! Und Sie erweisen mir wohl die Ehre zu glauben, daß meine Hand in all dieser Zeit manchen Druck von zarter Hand erfahren hat und daß sie dies längst sehr gelassen erträgt. Glauben Sie mir aber auch: noch jetzt, jedesmal wenn ich daran zurückdenke, dann verspüre ich deutlich, wie sich jene herrische Hand mit der meinen in sinnenwirrer Leidenschaft vermählt. Tausend Schauer durchzitterten mich vom Scheitel bis zur Sohle und zugleich die Furcht, den beiden Alten zu verraten, was mir von ihrer Tochter, dicht vor ihren Augen, angetan ward. Dann aber warf ich mir vor, weniger Fassung zu besitzen als das kühne Mädchen, das seine Ehre auf das Spiel setzte und eine Schamlosigkeit mit unerhörter Kaltblütigkeit beging. Um das Beben meiner Begierde vor den ahnungslosen Eltern zu verbergen, biß ich mir heldenhaft die Lippe blutig. Da sahen meine Augen ihre zweite Hand, die ich bisher nie beachtet hatte. In dieser gefahrvollen Minute drehte sie in kühler Gelassenheit an der Schraube der Lampe, die man inzwischen auf den Tisch gestellt hatte, da es zu dunkeln begann. Ich sah nach ihr hin, nach der Zwillingsschwester von jener, deren Glut mir Feuer durch die Adern trieb. Diese andere Hand, ziemlich derb, aber wohlgepflegt, schimmerte vor dem vollen Lichte der Lampe im Rosenrot ihres Blutes. Ich sah deutlich, daß die Finger nicht im geringsten zitterten, sondern sicher und gemächlich die kleine Arbeit an der Lampe verrichteten, in lässiger, köstlich anmutiger Bewegung.

So Hand in Hand konnten wir natürlich nicht ewig verweilen, da wir unsere Hände zum Essen brauchten. Darum gab Albertine meine Hand frei. Aber im nämlichen Augenblicke setzte sie mir ihren einen Fuß mit der gleichen Kraft, Leidenschaft und Überlegenheit auf den meinen und ließ ihn während der ganzen, mich kurz dünkenden Mahlzeit darauf ruhen. Ich fühlte mich wie in einem überheißen Bade, an dessen erst unerträgliche Hitze man sich nach und nach gewöhnt, bis es einem am Ende so behaglich vorkommt, daß man glauben möchte, die Sünder in der Hölle müßten in der Glut der ewigen Verdammnis dermaleinst schließlich auch frisch und munter werden wie der Fisch im Wasser.

Ich brauche Ihnen wohl nicht zu sagen, daß ich kaum etwas aß und noch weniger redete. Die beiden Alten plauderten in ihrer gewohnten Beschaulichkeit. Sie hatten keine Ahnung von dem rätselhaften Vorgang unter ihrem Tische. Sie merkten nichts. Aber sie hätten etwas wahrnehmen können. Das war das Schreckliche dabei. Ihretwegen machte ich mir Gedanken; weniger um Albertine und um mich. Mit siebzehn Jahren ist man so gewissenhaft und rührselig. Ich fragte mich: Ist das Mädel frech oder toll? Ich sah sie von der Seite an. Während der ganzen Mahlzeit verlor sie nicht einen Augenblick ihre hoheitsvolle Haltung. Ihr Gesicht war wie aus Marmor – und doch ruhte ihr Fuß auf dem meinen, und ihr Bein schmiegte sich an das meine! Ihre Ruhe verwirrte mich mehr denn ihre Tollheit. Ich hatte manchen leichten Roman gelesen, in dem die Frauen keine Heiligen waren. In der Kriegsschule hatte man mir auch keinen hohen Glauben an die Weiblichkeit beigebracht. Als hübscher Junge, der ich war, hatte ich auf der Treppe und hinter der Tür die kleine Kammerkatze meiner Mutter öfters abgeküßt. Ich hielt mich mindestens für einen Lovelace. Aber was ich jetzt erlebte, das übertraf meine kühnsten Erlebnisse. Das erschien mir toller als alles Gelesene, als alles, was ich über die dem Weibe angeborene Verstellungskunst gehört hatte, über ihre Fähigkeit, ihre heißesten und innigsten Gefühle hinter einer Maske zu verbergen. Dabei war sie achtzehnjährig, wenn nicht noch jünger! Eben aus der Erziehungsanstalt zurück, die man gewiß nicht verdächtigen konnte, denn die Mutter, eine anständige, fromme Frau, hatte sie ausgesucht. Was mir unfaßbar war und, trotz des maßlosen Aufruhrs meiner Sinne, klar vor Augen stand, das war der völlige Mangel an Schamgefühl, die Dreistigkeit und die gelassene Selbstbeherrschung, die dieses junge Mädchen zur Schau trug, während es so unvorsichtige und gefährliche Dinge beging. Obendrein hatte sie den Mann, dem sie sich mit so ungeheuerlicher Keckheit auslieferte, durch keinen Blick, keine Gebärde je vorbereitet. Das waren wohl meine Gedanken, indessen hielt ich mich weder im Augenblick noch später lange dabei auf. Ich war weit davon entfernt, mir einen unnatürlichen

Abscheu vor solch erschreckender frühen Verdorbenheit einzureden. Übrigens: wann jemals halten wir Männer eine Frau für verdorben, die sich uns auf den ersten Blick an den Hals wirft? Je jünger wir sind, um so mehr halten wir das für ganz selbstverständlich. Und wenn wir hinterher: »Die Aermste!« sagen, so liegt in diesem Mitleid schon recht viel Bescheidenheit! Und schließlich, wenn ich auch schüchtern war, so wollte ich deswegen noch lange kein Tor sein! Das ist ja immer die Ausrede, mit der wir Franzosen alle unsere Sünden bemänteln. Daß es nicht Liebe war, die das Mädel zu mir trieb, daran zweifelte ich keineswegs. So unverhüllt und dreist geht Liebe nicht vor. Ebenso war es mir klar, daß ich keine Liebe für sie empfand. Gleichviel, ob Liebe oder nicht, es war mir willkommen, was sich mir bot. Als wir vom Tische aufstanden, war mein Entschluß gefaßt. Bis dahin hatte ich keine Minute an Albertine gedacht. Jetzt aber hatte diese Hand das Begehren in mir erweckt, das ganze Geschöpf so zu umschlingen, wie ihre Hand die meine umschlungen hatte.

Wie ein Narr kam ich in mein Zimmer. Sobald ich mich ein wenig abgekühlt hatte, überlegte ich mir, auf welche Weise ich mit diesem Teufelsmädel anbandeln könne. Aus beiläufigen Beobachtungen wußte ich, daß sie immer bei ihrer Mutter war. Wenn sie arbeitete, saß sie neben ihr im Eßzimmer, das zugleich die Wohnstube war. sie hatte keine Freundin, mit der sie sich besuchte. Sie ging eigentlich nur Sonntags aus, in die Messe und zum Vesper, auch immer mit ihren Eltern. Da war also nichts zu machen! Ich bereute beinahe, daß ich mich nicht mehr an die Alten herangemacht hatte. Ich war keineswegs hochmütig zu ihnen gewesen, aber doch unpersönlich. Nachzuholen war da nichts. Es hätte ihren Verdacht erregen können und ihnen gerade das offenbaren, was ich vor ihnen geheimhalten wollte. Es blieb mir keine andere Gelegenheit, heimlich mit Albertine zu sprechen, als die Begegnung auf der Treppe, wenn ich in mein Zimmer ging oder von da herabkam. Aber auf der Treppe konnte man uns sehen und hören. Es stand mir also in diesem wohlgeordneten engen Haushalt nichts offen als der briefliche Weg. Die Hand, die unter dem Tisch so verwegen die meine gesucht und festgehalten hatte, die konnte doch keine Umstände machen, wenn es galt, ein Briefchen in Empfang zu nehmen. So schrieb ich, was der Augenblick mir eingab. Ich bat, gebieterisch und flehentlich zugleich, wie eben ein Mann, der einen Tropfen Lust gekostet hat und den es nach dem zweiten dürstet. Mit der Abgabe des Briefes mußte ich bis zum Mittagmahle des nächsten Tages warten. Die Zeit schlich wie eine Schnecke dahin. Endlich war die ersehnte Stunde da. Wiederum griff die glutausströmende Hand, deren Druck ich seit vierundzwanzig Stunden verspürte, unter dem Tisch nach der meinen. Sie fühlte das Briefchen, nahm es gewandt und steckte es unbefangen mit einer leichten, raschen Bewegung in den spitzenbesetzten Ausschnitt ihrer Bluse, ohne auch nur einen Augenblick ihre kühle, fürstinnenhafte Überlegenheit zu verlieren. Weder ihre Mutter, die gerade die Suppe austeilte, noch ihr Vater, der wie immer seine Fiedelei im Kopfe hatte, bemerkten auch nur das geringste.«

»Wir sind in solchen Fällen alle miteinander wie mit Blindheit geschlagen, Graf!« unterbrach ich die Erzählung des Hauptmanns. Es kam mir vor, als wolle er in den allzu flotten Kasinoplauderton übergehen. Aber da täuschte ich mich.

»Ich gestehe«, fuhr er fort, »daß ich mir nach meinem Erlebnis mit dem Mädchen nicht einen Augenblick über das Schicksal meiner Zeilen im ungewissen war. Sie würde trotz aller Aufsicht und Bevormundung schon Mittel und Wege zum Lesen und Beantworten finden! Ja, ich machte mich bereits auf einen schier endlosen Briefaustausch unter dem Tische gefaßt. Wie ich nun am Abend in das Eßzimmer komme, mit der behaglichen Gewißheit, eine rasche Antwort auf meine Worte zu bekommen, da seh' ich Albertinens Gedeck zwischen denen ihrer Eltern aufgelegt. Ich traute meinen Augen nicht. Was hatte sich da ereignet, wovon ich nichts wußte? Hatten die beiden Alten doch etwas gemerkt? Kurz und gut, Albertine saß mir gegenüber. Ich sah sie durchdringlich an, wie einer, der unbedingt Bescheid erheischt. Ich starrte sie an wie ein lebendiges Fragezeichen. Aber ihre Augen blieben ruhig, stumm und gleichgültig wie immer. Sie sahen mich an, ohne mich zu sehen. Ich war empört über diese langen nichtssagenden Blicke, die über die Menschen wie über die Dinge teilnahmslos hinwegglitten. Es kochte in mir vor Neugier, Ärger, Ungeduld, Besorgnis, von einem Schwalle erwartungsvoller und enttäuschter Empfindungen. Es war mir unbegreiflich, wie dieses seiner selbst so sichere Weib, das unter ihrer Haut keine Nerven zu haben schien, es offenbar nicht wagte, mir ein Zeichen des Einverständnisses zu geben, um mir zu versichern, daß wir ein Geheimnis miteinander teilten, daß wir Liebe oder auch nicht Liebe gemeinsam hegten. Es war mir ein Rätsel, daß es ein und dieselbe sein sollte, der jene Hand, jener Fuß und die Gelassenheit beim Lmpfange des Briefes zu eigen war, und die sich jetzt so zaghaft benahm. Nach allem, was sie sich geleistet hatte, mußte doch ein verständnisvoller Blick zu mir herüber das Geringste sein, was mir zuteil ward. Nichts dergleichen! Die Mahlzeit verging und der Blick, auf den ich lauerte, den ich ersehnte, den ich mit meinen Augen hervorzuzaubern suchte, er blieb aus. Ich ging in mein Zimmer hinauf, in der Zuversicht, irgend eine Antwort vorzufinden. Ich kam gar nicht auf den Gedanken, daß sie zurückgehen könne, nachdem sie in so unglaublicher Weise vorgegangen war. Ein Mensch wie sie – dachte ich – fürchtet weder Tod noch Teufel, wenn es gilt, eine Laune zu befriedigen. Und daß sie zum mindesten eine Schwäche für mich haben mußte, das war mir doch außer Zweifel.

Zunächst bildete ich mir ein, die neue Tischordnung sei reiner Zufall, aber das war sie nicht. Es blieb fortan dabei und Albertine zeigte nach wie vor ihr Sphinxgesicht und redete wie zuvor in gleichgültiger Weise von unbedeutenden Dingen. Sie können sich denken, daß ich sie von jenem Tage an genau beobachtete. Ich war begierig, sie zu durchschauen. Aber ich vermochte nicht den leisesten Unmut an ihr zu entdecken, während ich greulich unwillig und aufgeregt war. Eine Wut zum Ersticken war in mir. Obendrein mußte ich sie verbergen. Albertinens erhabene Miene, die sie nicht einen Augenblick ablegte, machte mich toll. Ich war derart überreizt, daß es mir völlig gleichgültig war, ob ich sie bloßstellte oder nicht. Ich starrte ihr in einem fort drohend und begehrlich in ihre großen, kühlen, unerforschlichen Augen, sie blieben unerforschbar. Was bedeutete dieses Verhalten? Spiel? Koketterie? Neue Laune? Oder ganz einfach Blödheit? Ich habe später Frauen gekannt, die erst herrliche Bacchantinnen und dann dumme Gänse waren. »Wenn man immer den richtigen Augenblick wüßte!« hat die Ninon einmal gesagt. War dieser Augenblick hier bereits vorüber?

Trotz alledem wartete ich weiter auf ein Wort, eine Gebärde, eine leise Bemerkung beim Verrücken der Stühle. Nichts. Ich verfiel in die törichtsten Hoffnungen. Vielleicht wollte sie mir wegen der

Hindernisse im Hause durch die Post schreiben. Dreimal täglich eine Stunde bevor der Postbote kam, war ich in Aufruhr. Zehnmal am Tage fragte ich die alte Olivia mit halb zugeschnürter Kehle, ob Briefe für mich abgegeben worden seien. »Nein, Herr Leutnant!« lautete immer wieder die Antwort. Diese Qualen wurden mir unerträglich. Meine betrogene Sehnsucht wandelte sich in Haß. Ich suchte mir Albertinens Benehmen mit allerlei niedrigen Gründen zu erklären. Ich nannte sie ein feiges Ding. Ich beschimpfte sie in Gedanken und glaubte, ich hätte ein Recht dazu. Ich gab mir Mühe, nicht mehr an sie zu denken. Ja, ich erzählte sogar meinem Freunde Ludwig von ihr und scheute mich dabei nicht vor den üblichen soldatischen Kraftausdrücken. Ludwig erfuhr die ganze Geschichte von Anfang bis zu Ende. In meiner Maßlosigkeit ging die Ritterlichkeit zum Teufel. Mein Kamerad schüttelte den Kopf und riet mir, es zu machen wie er: ›Such' dir ein kleines Mädel und vergiß die alberne Hexe!‹

Ich befolgte seinen Rat nicht. Mich reizte das Spiel zu sehr. Wenn sie es hätte erfahren können, daß ich mir eine Liebste angeschafft, ja, dann hätte ich es vielleicht getan, um ihre Eifersucht oder ihre Eitelkeit zu erregen. Aber wie sollte sie davon erfahren? Hätte ich ein Mädchen mit ins Haus gebracht – wie Ludwig in seine Post –, so hätten mir meine Wirtsleute sogleich gekündigt. Fort von ihnen aber wollte ich um keinen Preis, denn nur dort war es möglich, daß sich mir eines Tages Hand oder Fuß wieder ergaben. Mehr hoffte ich gar nicht. Jedoch dies Teufelskind, das so viel gewagt hatte, war und blieb fortan die unnahbare Dame.

So vergingen abermals vier Wochen.

Umsonst mühte ich mich, gefaßt und gleichgültig wie Albertine zu sein, Marmor gegen Marmor zu setzen, Kälte gegen Kälte. Ich lag gespannt auf der Lauer. Das war mir schon auf der Jagd gräßlich. Hier wiederholte es sich Tag um Tag. Oft ging ich zeitig in das Eßzimmer, in der Hoffnung, sie allein dort vorzufinden wie am ersten Tage. Bei Tisch wandte ich keinen Blick von ihr. Sie wich dem weder aus noch ging sie darauf ein. Sie sah mich leer und ruhig an. Nach der Mahlzeit verweilte ich jetzt regelmäßig noch ein wenig bei den beiden Frauen, die sich mit ihrer Handarbeit an ihren gemeinsamen Fensterplatz setzten. Vielleicht ließ Albertine einmal ihren Fingerhut oder ihre Schere fallen. Ich hätte sie geschwind aufgehoben und ihr beim Überreichen die Hand berührt, jene Hand, die mir nicht mehr aus den Sinnen wollte. Wenn ich dann wieder in meiner Stube war, lauschte ich, ob nicht der Tritt jenes Fußes vernehmbar sei, der so herrisch den meinen gedrückt hatte. Manchmal auch schlich ich auf den Gang hinaus, in der Hoffnung, ihr zu begegnen.

Dabei erwischte mich eines Tages Olivia, wie ich so auf Posten stand! Ich war unsagbar verlegen.

Und dann spähte ich aus meinem Fenster – aus dem da oben! – wenn das Mädel mit der Mutter ausging. Ich wich und wankte nicht von meinem Auslug, bis sich die Haustür wieder hinter ihr geschlossen hatte. Alles war umsonst. Denn kein einziges Mal wandte sie sich um, in ihrem mir unvergeßlichen rotweiß gestreiften jungferlichen Schal mit seinem Muster von schwarzen und gelben kleinen Blumen. Kein einziges Mal hob sie den Kopf oder die Augen zu meinem Fenster. Auf so elende Art verzettelte ich meine Zeit. Ich weiß, alle Frauen lassen uns mehr oder weniger zappeln. Diese Unnahbarkeit aber war doch zu toll! Der Geck, der in mir längst gestorben sein sollte, ärgert sich noch heute darüber.

Auch mein Soldatenglück von ehedem war dahin. Nach erledigtem Dienst eilte ich schnell nach Haus. Ich las weder Denkwürdigkeiten noch Geschichten mehr. Auch meinen Freund Ludwig vernachlässigte ich. Meine Florettes hatten Ruhe vor mir. Das Betäubungsmittel der Jugend, die Zigarette, gab es anno dazumal noch nicht.

Ich ging spät zu Bett, schlief aber schlecht. Das Teufelsweib, das die Hölle in mir angefacht hatte und dann geflohen war wie ein gemeiner Brandstifter, hielt mich wach. Die roten Vorhänge dort vor den Fenstern schloß ich fest zusammen ...«

Bei diesen Worten putzte der Graf mit seiner behandschuhten Rechten das angelaufene Wagenfenster wieder blank.

»Ich wollte nicht, daß mir das widerlich neugierige Spießervolk bis in die Winkel meiner Stube schaute. Es war ein Zimmer im Empirestil, ohne Teppich, mit feingemustertem Parkett; an den Kirschholzmöbeln Messingbeschläge. Das Bett hatte an den vier Ecken

Sphinxköpfe, die Füße Löwenklauen aus Bronze. An den Schreibtisch- und Kommodekasten prangten Löwenköpfe, in deren Grünspanmäulern Messingringe hingen, als Handhaben beim Öffnen. Dem Bett gegenüber stand an der Wand, zwischen dem Fenster und der Tür zu einem geräumigen Ankleidezimmer, ein viereckiger Tisch aus rötlichem Kirschholz. Er hatte eine graue Marmorplatte mit etwas Kupferzierat. Und dem Kamin gegenüber, da stand das große blaue Ledersofa, das Sie bereits kennen. In allen vier Ecken des weiten und hohen Gemaches waren Eckbretter angebracht. Auf einem schimmerte geheimnisvoll aus dem Dunkel der weiße Marmor eines Niobekopfes. Ein altes Stück, nach einer Antike. Merkwürdig seltsam in so kleinbürgerlicher Umgebung! Indessen, war die rätselhafte Albertine in derselben Umgebung nicht noch viel seltsamer? An den getäfelten und mit elfenbeingelber Ölfarbe gestrichenen Wänden hingen keine Bilder, keine Stiche. Nur meine Waffen. Beim Mieten dieser »Riesenbude« – wie Ludwig, der kein Romantiker war, sich in seiner derben Art ausdrückte – hatte ich mir in die Mitte einen großen runden Tisch stellen lassen, auf dem ich dann meine Generalstabskarten, Regelements und Bücher ausbreitete. Er diente mir zugleich als Schreibtisch, wenn ich mitunter etwas zu schreiben hatte.

Eines Abends, oder richtiger einmal nachts, hatte ich mir das Sofa an diesen Tisch herangerückt und zeichnete bei der Lampe: Albertine, ihren Kopf, das Gesicht der Sphinx, von der ich seit vier Wochen besessen – nach dem Glauben der Frommen – wie vom Teufel besessen war. Ich weiß wohl, diese Beschäftigung mit diesem Wesen war so ziemlich das Unsinnigste, was ich tun konnte, um mich von der Hexe zu befreien. Ich geriet dadurch nur tiefer in ihren Bann.

Es war spät. Die Straße, durch die, wie noch heute, zweimal die Post in einander entgegengesetzter Richtung um dreiviertel eins und um einhalb drei Uhr früh durchkam und hier die Pferde wechselte, war totenstill. Man hätte eine Fliege summen gehört. Nur flog keine herum. Wenn eine da war, schlief sie gewiß in den steifen Falten der Vorhänge aus schwerer roter Seide, die ich von den Haltern losgemacht hatte, so daß sie zum Boden herabfielen. Das einzige Geräusch, das die tiefe Stille durchbrach, kam von meinem Bleistift, mit dem ich eifrig zeichnete. Auf einmal tat sich mit ganz leisem Geräusch die Tür auf und blieb ein wenig geöffnet stehen. Ich sah hin. Ich wähnte, die Tür sei mangelhaft geschlossen gewesen und habe sich von selbst geöffnet. Ich wollte aufstehen, um sie wieder zu schließen. Da gewahrte ich, wie sie sich sacht immer weiter öffnete, wobei das leise Geräusch abermals begann, das wie ein leises Klagelied im schweigenden Hause widerhallte, wie sie ganz offen war, erblickte ich – Albertine.

Es gibt Leute, die an Geistererscheinungen glauben. Beim Teufel, mich hätte der tollste Geisterspuk nicht so durchschauert wie diese Erscheinung aus Fleisch und Blut! Das Herz schlug mir wie im Fieber. Albertine tat einen Schritt auf mich zu, offenbar ungnädig über das Knarren der Tür, das sich beim Schließen wiederholen mußte. Ich war zu Tode erschrocken, war ich doch erst achtzehn Jahre alt. Offenbar sah sie mir meine Erregung sofort an. Mit einer herrischen Gebärde gebot sie mir Fassung. Dann schloß sie rasch die Tür, die noch einmal knarrte, kurz, laut, scharf. Atemlos lehnte Albertine dagegen und lauschte, ob etwa von draußen ein anderes Geräusch hörbar werde. Mir war, als schwankte sie. Und schon war ich bei ihr und hielt sie in meinen Armen.«

»Donnerwetter! Ihre Albertine ist eine Draufgängerin!« rief ich aus.

»Sie denken nun vielleicht,« fuhr Brassard fort und tat, als habe er meine Zwischenbemerkung gar nicht gehört, »daß sie mir in die Arme fiel, halbtot vor Angst, Leidenschaft und Verwirrung, wie eine, der die Verfolger auf den Fersen sind und die nicht mehr weiß, was sie tut, wenn sie sich jenem Dämon überläßt, der, wie es heißt, in allen Frauen dämmert und sie ewiglich verführte, wenn ihm nicht zwei andere Geister, die Feigheit nnd die Scham, die Herrschaft streitig machten, So war es mit Albertine aber nicht! In ihr war nichts von jener gemeinen Angst, vielleicht sogar war sie es mehr, die mich in ihre Arme nahm, als ich sie in die meinen. Im ersten Augenblick hatte sie ihren Kopf an meine Brust gedrückt. Aber sie hob ihn gleich wieder und starrte mich mit weitgeöffneten, übergroßen Augen an, ob ich es auch wäre, den sie da umschlungen hielt. Sie war ganz blaß, so blaß, wie ich sie noch nie gesehen hatte. Nur ihre Prinzessinnenmiene war geblieben; klar und fest wie der Kopf auf einer antiken Münze. Nur um ihre leichtgewölbten Lippen zitterte – ich weiß nicht was. Liebesseligkeit war es kaum. Ein irrer

Schatten, der mich in jenem Augenblick so unsagbar traurig dünkte, daß ich ihn nicht ertrug und auf diese prächtigen, steifen, roten Lippen den flammenden Kuß sieghaften Verlangens preßte. Der Mund öffnete sich ein wenig, aber die nachtdunklen Augen mit den langen Wimpern, die die meinen fast berührten, schlossen sich nicht. Sie beoten nicht einmal. Und ich sah in ihrer Tiefe dasselbe wie auf den Lippen – den Irrsinn flackern. Im Kuß mit ihr vereint, trug ich sie auf das Sofa, auf dem ich vier Wochen lang im Verlangen nach ihr die Qualen eines Eremiten ausgestanden hatte. Das Leder knisterte unter dem bloßen Körper, denn sie war halbnackt. Sie kam aus ihrem Bett. Und sie hatte durch das Schlafzimmer ihrer Eltern gehen müssen. Mit ausgestreckten Händen hatte sie sich hindurchgetastet!«

»Das war Heldenmut!« meinte ich. »Ihre Albertine war würdig, die Geliebte eines Soldaten zu sein!«

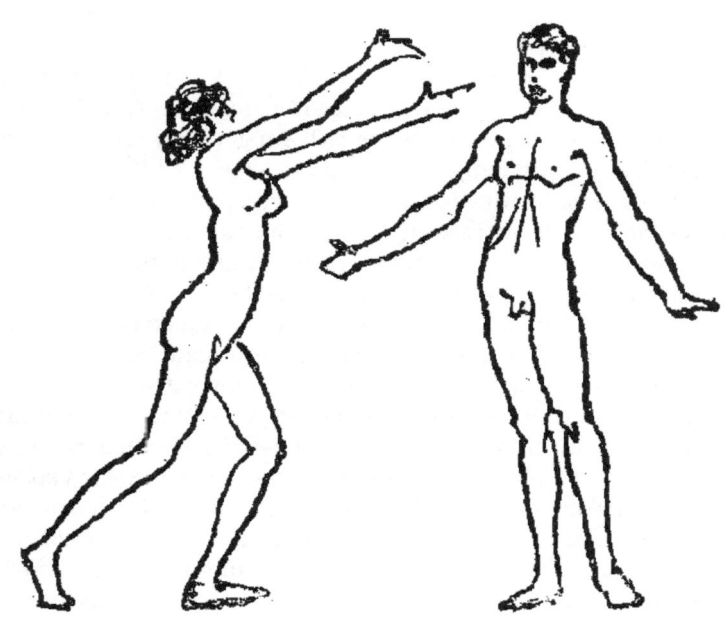

»Ja, sie war meine Geliebte von jener Nacht an«, erzählte Brassard weiter. »Sie war genau so maßlos wie ich. Und das war ich, wahrhaftig. Dies nebenbei. Aber es war Gift im Becher der Lust. Auch in der höchsten Seligkeit vergaßen wir nicht, in welcher Gefahr wir schwebten. Im Glücksrausch, den sie mir schenkte und bei mir suchte, war sie selbst starr vor ihrem Tun, bei all ihrem starken Willen und ihrer wilden Leidenschaft. Mich verwunderte dies nicht, lebte mein Herz doch in so qualvoller Angst, während mich Albertine an sich drückte, daß ich den Atem fast verlor. Unter all ihren Seufzern und Küssen lauschte ich in die Stille des arglos schlummernden Hauses. Wenn die Mutter erwachte! Wenn der Vater aufstand! Über die nackten Schultern der Geliebten hinweg spähte ich nach der Tür, die sie aus Furcht vor dem Geräusch nicht abgeschlossen hatte. Wäre es nicht gräßlich gewesen, wenn die Tür sich geöffnet und plötzlich in ihrem Rahmen mitten in der Nacht die beiden Alten erschienen wären, entsetzt und entrüstet über uns, die sie so frech und feig hintergingen! Mein Puls pochte gegen Albertinens Puls; er gab mir jeden Schlag zurück. Dies Spiel war wunderschön und grauenhaft zugleich. Mit der Zeit aber gewöhnte ich mich an diesen Zustand. Da wir unsere namenlose Torheit immer wieder ungestraft begingen, stellte sich ein gewisser Gleichmut bei mir ein. Da wir beständig in der Gefahr schwebten, überrascht zu werden, spottete ich dieser Gefahr. Ich vergaß sie. Ich war nur darauf bedacht, mich meinem Glück voll hinzugeben. In der ersten ungeheuerlichen Nacht, die Albertine für immer hätte abschrecken müssen, hatten wir verabredet, daß sie alle zwei Nächte zu mir käme. Ich konnte nicht zu ihr gehen, weil ihr Schlafzimmer keinen anderen Ausgang als durch das ihrer Erltern hatte. Sie kam regelmäßig, aber immer wieder versteinert wie beim ersten Male. Auf sie wirkte die Zeit nicht wie auf mich. Die in jeder Nacht uns neu drohende Gefahr ward ihr nicht zur stählenden Gewohnheit. Schweigsam kam sie und blieb sie. Selbst in meinen Armen. Als ich später, wie die Gelassenheit über mich gekommen war, zu ihr redete, wie man eben zu seiner Geliebten redet: von der mir unbegreiflichen Kälte nach ihrer ersten Kühnheit, die sie nun selbst Lügen strafte, da sie doch in meinen Armen lag, und als ich jene unersättlichen tausend Fragen der Liebe, die im Grunde vielleicht nur Neugier sind, an sie richtete, da antwortete sie mir nie anders, als daß sie mich innig an sich zog. Ihr schmerzlicher Mund blieb stumm. Er küßte nur.

Es gibt Frauen, die zu einem sagen: »Ich richte mich deinetwegen zugrunde!« während andere stammeln: »Du mußt mich ja verachten!« So oder so spricht sich das Verhängnis der Liebe aus. Albertine indes: kein Wort! Seltsames Verhalten, seltsames Wesen! Sie kam mir vor wie eine Sphinx aus Marmor ...«

»Aber schließlich,« fiel ich ein, »findet doch jedes Geheimnis seine Lösung. Sphinxe gibt es nur in der Fabel, nicht im Leben. Einmal muß ein kluger Mann wie Sie doch hinter das Rätsel eines kleinen Mädchens kommen. Die Geschichte hat doch irgendwie ein Ende gehabt.«

»Ein Ende? Gewiß hat sie ein Ende gehabt«, sagte der Graf, wobei er das Wagenfenster herunterließ, als müsse er erst frische Luft atmen, ehe er weitererzählen könne. »Aber ich ward darum nicht klüger als zuvor. Unsere Liebe, unser Verhältnis, unser Spiel – nennen Sie es wie Sie wollen! verlieh uns, vielmehr mir, Empfindungen, wie ich sie seither niemals wieder gekostet habe im Verkehr mit Frauen, die ich weit mehr geliebt habe als Albertine. Vielleicht war das gar keine Liebe zwischen uns beiden. Es ist mir nie klar geworden, was ich eigentlich ihr war und was sie mir. Dabei hat die Geschichte ein halbes Jahr gewährt. Eines nur wußte ich: ich erlebte ein Glück, von dem ein junger Mensch wie ich keine Ahnung gehabt hatte. Das Glück der Heimlichkeit. Das Glück gemeinsamer Sünde. Ich begriff, wie man ein unverbesserlicher Verschwörer werden kann, selbst in ganz aussichtslosen Dingen.

Bei Tisch und sonst am Tage war Albertine unnahbar wie ehedem. Ihre unbefangene Stirn verriet nicht das mindeste von der Schuld der Nacht. Es kam und ging kein Erröten. Ich bemühte mich, die nämliche Undurchdringlichkeit zu erringen. Aber ich weiß, daß ich mich vor scharfen Beobachtern zehnmal verraten hätte. In wollüstigem Stolz genoß ich den Triumph, daß diese Trägerin der hochmütigsten Unnahbarkeit insgeheim ganz mein Eigen war, daß sie für mich alle Demut der Leidenschaft hatte.

Keine Menschenseele wußte um unser Geheimnis. Ein köstliches Bewußtsein. Nicht einmal mein Freund Ludwig; denn seitdem ich glücklich war, war ich auch zu ihm schweigsam wie ein Grab.

Zweifellos erriet er alles, aber er ging genau so stillschweigend darüber hinweg wie ich. Er tat keine einzige Frage. So setzten wir unseren alten vertrauten Verkehr ungestört fort. Wir bummelten zusammen in Uniform oder in Zivil auf dem Korso, spielten Karten, fochten und zechten. Ja, wenn man weiß, daß einen regelmäßig, eine Nacht um die andere, das Glück in der Gestalt eines schönen jungen Weibes mit heißem Herzen und durstigen Lippen besucht, dann ist das Leben verflucht einfach!«

»Aber, Graf, schliefen denn die Alten wie die Murmeltiere?« unterbrach ich spöttisch die an einem Dandy mir merkwürdige Betrachtung. Ich spottete, weil ich mir ihm gegenüber nicht anmerken lassen wollte, daß mich seine Erzählung ergriff, vor Menschen von seinem Schlage vergibt man sich als Spötter immer am wenigsten.

»Sie glauben hoffentlich nicht,« begann er von neuem, »daß ich auf Wirkung hin erzähle. Der Teufel behüte mich davor. Ich bin kein Romandichter. Zuweilen kam Albertine nicht. Die Tür war zwar längst auf das trefflichste in ihren Angeln geölt. Aber manchmal hatte ihre Mutter sie gehört und sie verschlafen gefragt oder der Vater hatte sie wahrgenommen, wie sie tastend nach der Tür schlich. Dann fand meine Geliebte rasch eine Ausrede. Es sei ihr nicht wohl, sie hole etwas in der Küche, wolle aber kein Licht anstecken, um niemanden aufzuwecken.

Trotzdem erschien Albertine in der nächsten Nacht, die auf solch Schreknis folgte, wieder bei mir und setzte sich von neuem der Gefahr aus. Ich war Leutnant und durchaus kein Held in der Mathematik. So viel aber verstand ich doch von der Wahrscheinlichkeitsrechnung, daß der Tag oder die Nacht kommen mußte, die das Ende bedeutete ...«

»Ganz recht,« sagte ich, und indem mir seine Worte im Anfang wieder in den Sinn kamen, fügte ich hinzu: »Das Ende, das Sie gelehrt hat, was Angst ist.«

»So ist es!« Er sagte dies sehr ernst, sichtlich, um einen scherzhaften Ton abzulehnen. »Gewiß ist Ihnen an meiner Erzählung klar, daß mein Erlebnis mit Albertine von jenem Tage des Handdruckes ab meine Nerven wenig geschont hat. Das war sozusagen das Vorbeipfeifen der Kugeln und das Vorübersausen der Granaten. Man zuckt zusammen, aber man marschiert weiter. Was schließlich kam, war mehr. Ich habe, wie gesagt, die Furcht längst kennen gelernt, die echte Furcht, die wahrhaftige Angst. Nicht um Albertine, sondern um mich selber, um mich ganz allein. Das ist ein Zustand, wo einem das Herz genau so blutlos wird wie das Gesicht. Es gibt Paniken, die es zuwege bringen, daß die besten Regimenter kehrtmachen und davonlaufen. Ich habe das im Kriege mit eigenen Augen gesehen. Aber damals war ich noch nicht im Felde gewesen. Und da erlebte ich etwas, was ich mir nie hätte ausdenken können.

Hören Sie weiter! Es war nachts. Bei dem Leben, wie wir es führten, konnte es ja nur nachts sein. Eine lange Winternacht, eine ruhige Nacht. Alle unsere Nächte waren ruhig, weil wir glücklich waren, wir schliefen angesichts der Gefahr. Albertine war früher als sonst gekommen, um länger bleiben zu können.

Wenn sie so hereinkam, galt meine erste Liebkosung, meine erste Zärtlichkeit ihren Füßen, die nicht mehr ihre meergrünen oder fliederfarbenen Pantöffelchen trugen – Albertinens Koketterie und mein Entzücken! –, sondern nackt waren, um keinen Lärm zu machen, eiskalt von den Steinfliesen des Ganges, den sie von dem einen Ende bis zum anderen zu durchschreiten hatte. Ich wärmte diese Füße, die meinetwillen froren und, aus dem warmen Bett gekommen, vielleicht um meinetwillen den ganzen Körper krank machten. Es wollte mir diesmal nicht so recht gelingen, sie warm zu küssen.

Albertine war in dieser Nacht eine schweigsamere Geliebte denn je. Wie immer aber umschlang sie mich mit der ihr eigenen schmiegsamen Kraftfülle, die für mich ihre Sprache war. Eine ausdrucksvolle Sprache. Ich redete in einem fort. Überschwengliches, Tolles, Trunkenes. Ich verlangte längst von ihr keine Antwort mehr. Ich nahm ihre Hingabe dafür.

Aber mit einem Male schwieg diese Sprache der Sinnlichkeit. Ihre Arme ließen kraftlos von mir ab. Ich glaubte, Albertine sei ohnmächtig geworden. Das war sie schon manchmal gewesen; aber dabei hatte sie mich weiter im Krampf umschlungen. Und ich war an ihrem Herzen geblieben, wartend, bis ihre Sinne an den meinen wiedererwachten.

Diesmal wartete ich vergebens. Ihre schwarzen Samtaugen flammten nicht unter den langen Wimpern auf. Ihre Lippen wurden schauerlich kalt. Ich richtete mich halb auf, betrachtete die Geliebte genauer und entriß mich ihrer Umarmung. Einer ihrer Arme fiel ihr auf den Leib; der andere sank am Sofa hinab, bis die Hand den Teppich berührte.

Erschüttert, aber noch gedankenklar, fühlte ich mit meiner Hand nach ihrem Herzen. Es war still. Dann nach dem Puls. Nirgends Leben. Kalt die Schläfen. Die Schlagader erstarrt. Überall das Zeichen des Todes.

Ich erkannte mit Gewißheit: Das ist der Tod. Aber ich wollte es nicht glauben. Das Menschenhirn hat zuweilen die törichte Anwandlung, der unleugbaren und unabwendbaren Tatsache trotzen zu wollen.

Albertine war gestorben, woran? Ich wußte es nicht. Ich bin kein Arzt. Ich wußte nur, sie war tot. Und obgleich es klar war wie die Sonne am Mittag, daß alle Mühe nutzlos sein müsse, so tat ich doch alles, was mich so verzweifelt umsonst dünkte. Jedweder Kenntnisse, Werkzeuge und Hilfsmittel bar, goß ich ihr den Inhalt einer ganzen Flasche Kölner Wasser über die Stirn. Ich rieb ihr die Hände, schlug sie laut gegeneinander, trotz der Gefahr, im selben stillen Hause Lärm zu verursachen, in dem mir vor kurzem beim leisesten Geräusch das Herz beinah stillgestanden hatte. Es fiel mir ein, daß ein Onkel von mir, Eskadronchef bei den vierten Dragonern, mir eines Tages erzählt hatte, er habe einmal einem Kameraden, den der Schlag getroffen, das Leben gerettet, indem er ihm mit einem Schröpfer, den man bei Pferden anwendet, zur Ader ließ. An Waffen war in meinem Zimmer kein Mangel. Ich nahm einen Dolch und mißhandelte damit Albertinens wundervollen Arm. Ein paar Tropfen rannen träg heraus. Kein lebensvoller Strahl. Nichts vermochte den erstarrten Körper wieder zu beleben, der an meinem Herzen zum Leichnam geworden war. Und jetzt mit einem Male gebar der Anblick der Toten etwas Grauenvolles: die Angst. Eine Angst, eine wahnsinnige Angst. Albertine war bei mir gestorben. Ihr Tod verriet alles. Was sollte nun geschehen? Was konnte ich tun? Es war mir, als packte mich die körperliche Hand dieser gräßlichen Angst am Haar. Wie von tausend Nadelspitzen gestochen, schmerzte mir der Kopf. Und über den Rücken lief es mir siedeheiß und grabeskalt. Vergebens versuchte ich gegen diese unwürdige Angst anzukämpfen. Ich hielt mir vor, daß ich kaltes Blut bewahren müsse, daß ich ein Mann sei und gar Soldat. Ich faßte mein Haupt mit beiden Händen an! Ich zwang mich, über meine furchtbare Lage nachzugrübeln. Ich gab mir die größte Mühe, die rasenden Gedanken festzuhalten, die mein Hirn wie einen Kreisel peitschten. Sie sprangen alle über den Leichnam. Keiner führte die tote Geliebte hinaus, die nicht mehr von selbst in ihr Schlafzimmer zurückschleichen konnte. Am Morgen mußte ihre Mutter sie finden: tot und geschändet auf dem Sofa des Leutants!

Der Gedanke an die Mutter, der ich das vielleicht einzige Kind getötet hatte, auf dem Lager der Wollust, dieser Gedanke legte sich mir viel schwerer auf das Herz als Albertinens Tod an und für sich. Der war nicht zu verheimlichen. Gab es denn aber kein Mittel, die Schande zu verdecken, die durch das Auffinden der Leiche in meinem Zimmer zutage kommen mußte. Um diese Frage drehten sich alsbald alle meine Überlegungen. Und je mehr ich hierüber nachdachte, um so schwieriger schien mir die Antwort darauf. Es gab keinen Ausweg! Dazu kam eine entsetzliche Zwangsvorstellung. Bisweilen war es mir, als fülle der tote Körper das ganze Zimmer aus; als sei es unmöglich, ihn jemals hinauszubringen.

Welch ein unglücklicher Umstand, daß Albertinens Stube hinter dem Schlafzimmer ihrer Eltern lag! Ich hätte sie sonst trotz aller Gefahr in ihr Bett hinübergetragen! Aber wie konnte ich mit ihr im Tode das wagen, was für sie im Leben so gefahrvoll gewesen war! Und doch war es gerade der verrückt-verwegene Gedanke, die Tote hinüberzutragen, der sich in meiner Angst vor dem Morgen und dem Auffinden der Toten in meinem Zimmer im Wirwarr meines Hirns festsetzte. Das schien mir der einzige Weg zu Albertinens Ehrenrettung und zugleich die einzige Möglichkeit zu sein, mich aus meiner gräßlichen Lage zu befreien, ohne den Fluch der beiden alten Leute auf mich zu laden. Und wahrhaftig, ich hatte die Kraft, die Tote auf meine Schultern zu heben. Meine grauenhafte Bürde auf dem Rücken, öffnete ich meine Tür und trat in den Gang hinaus, mit bloßen Füßen wie ehedem Albertine, um weniger Geräusch zu verursachen. Die Tür befand sich am anderen Ernde des Ganges. Meine Knie wankten und ich mußte bei jedem Schritt innehalten. Ich horchte in die Stille des nächtlichen Hauses hinein. Ich hörte nichts; so wild klopfte mein Herz. Der Weg schien mir endlos, aber es rührte sich nichts. Schritt um Schritt kam ich vorwärts. Endlich langte ich vor der schrecklichen Tür an. Sie war angelehnt und ich hörte die langen friedlichen Atemzüge der beiden Alten, die da drinnen ahnungslos schlummerten. Da war es aus mit meinem Mute. Ich wagte die dunkle Schwelle nicht zu überschreiten. Ich wankte und floh mit meiner Bürde zurück. Halb sinnlos kam ich wieder in mein Zimmer. Ich legte den toten Körper wieder auf das Sofa, sank daneben in meine Knie und stöhnte in einem fort: Was nun?

Ich war in meiner Seele zusammengebrochen. Der törichte, häßliche Gedanke schoß mir durch den Kopf, die schöne Tote, die ein halbes Jahr meine Geliebte gewesen, zum Fenster hinauszuwerfen. Ich öffnete das Fenster, schlug die roten Vorhänge zur Seite und sah in die schwarze Tiefe hinab. Ers war so stockfinster, daß ich nicht einmal das Pflaster sah. Ich wollte den Selbstmord der Toten vortäuschen, wiederum nahm ich Albertine und hob sie vom Sofa auf. Da zerriß ein Blitz meinen Wahn. Wenn Albertine da unten gefunden wurde, mußte sie sich ja von meinem Zimmer aus hinuntergestürzt haben! Also auch das war aussichtslos. Es war mir, als bekäme ich einen Faustschlag ins Gesicht. Ich schloß das Fenster, zog den Vorhang wieder vor, mehr tot als lebendig von dem Geräusch, das ich dabei verursachte. Es war alles umsonst. Ich litt unerträglich. Da glitt mein Blick auf die Waffen, die im Zimmer aufgehängt waren, und der Gedanke kam mir, mit einem Schuß auch meinem Leben ein Ende zu bereiten. Ich war demoralisiert. Damals kannte ich dieses Wort des Kaisers noch nicht. Aber ich kam wieder zu mir. Ich war siebzehn Jahre alt und liebte meinen Degen. Aus Neigung und vererbtem Soldatensinn war ich Soldat geworden. Und noch war ich nicht einmal im Feuer gewesen. Ich war ehrgeizig. Die Romangestalt Werthers kam mir in das Gedächtnis, wie hatten wir Offiziere uns über den Werther lustig gemacht! Er war uns ein kläglicher Waschlappen! Und ein anderer Gedanke tauchte in mir auf, der mir in meiner Bedrängnis Heil verhieß: Wie wär' es, wenn ich zu meinem Obersten ginge? Er ist der Vater des Regiments.

Rasch, als sei Alarm geblasen, warf ich mich in meine Uniform. Ich nahm meine Pistolen, wer weiß, was alles geschehen konnte! Zum letztenmal küßte ich Albertinens stummen Mund – so jung ist man immer gefühlvoll! – den Mund, der nie viel geredet hatte, der mich aber ein halbes Jahr lang betört und berauscht. Dann schlich ich auf den Fußspitzen die Stiege hinunter, den Tod hinter mir im Hause lassend. Ich atmete schwer und brauchte eine Ewigkeit – wenigstens schien mir's so –, bis ich die Haustür aufgeriegelt und den großen Schlüssel umgedreht hatte, vorsichtig wie ein Dieb schloß ich wieder zu. Dann raste ich, wie von den Furien verfolgt, zu meinem Obersten.

Ich riß an der Klingel. Ich läutete Sturm, als habe der Feind die Fahne des Regiments entführt. Den Burschen, der mich zu dieser Stunde bei seinem Herrn nicht eindringen lassen wollte, rannte ich einfach über den Haufen. Der Oberst war durch den Höllenlärm, den ich verursachte, erwacht. Ich gestand ihm die ganze Geschichte, alles, haarklein, vom Anfang bis zum Ende, in toller Hast. Jede Minute war kostbar. Zum Schluß bat ich um alles in der Welt, mich zu retten.

Er war ein Prachtmensch, unser Oberst. Im Augenblick hatte er meine grauenvolle Lage erkannt. Sein jüngster Sohn, wie er mich nannte, tat ihm leid. Und ich glaube, mein damaliger Zustand erheischte allerdings Mitleid. Erst wetterte er in ein paar echt französischen Flüchen. Dann aber befahl er mir, mich unverzüglich aus dem Staube zu machen. Alles weitere werde er auf sich nehmen. Sobald ich weg wäre, wolle er die Eltern aufsuchen. Aber zunächst müsse ich weg, und zwar augenblicklich, mit der nächsten Post, die in einer Viertelstunde ankomme und am Posthause frische Pferde nähme. Er nannte mir eine Stadt, in der ich vorläufig bleiben solle. Dorthin werde er mir dann schreiben. Er gab mir auch Geld, denn ich hatte vergessen, mir welches einzustecken. Schließlich drückte er mir kameradschaftlich seinen grauen Schnurrbart auf die Wange. Eine Viertelstunde später kletterte ich auf den Obersitz der Postkutsche. Es war kein anderer Platz mehr frei. Und fort ging es. An dem Fenster da vorbei. Mein Gott, mit was für Augen schaute ich hinauf. Das Licht schimmerte dahinter genau wie heute abends. Und drinnen lag die tote Albertine, verlassen.«

Der Graf hielt inne. Seine kräftige Stimme klang heiser. Mir war die Lust zum Scherzen vergangen. Aber das Schweigen zwischen uns beiden währte nicht lange.

»Und dann?« fragte ich.

»Dann?« wiederholte Brassard. »Ja, sehen Sie, das ist es, was meine neugierige Seele noch lange gequält hat. Damit war die ganze Geschichte für mich zu Ende. Ich gehorchte peinlichst dem Befehle meines Obersten, voller Ungeduld wartete ich auf einen Brief von ihm, aus dem ich ersähe, was er unternommen und was sich nach meiner Fahrt ereignet hatte. So vergingen vier Wochen. Es kam kein Brief vom Obersten. Er war einer von denen, die nur mit dem Degen schreiben. Es kam nichts als ein Schriftstück, das mir meine Versetzung mitteilte. Ich hatte mich binnen vierundzwanzig Stunden beim 22. Regiment zu melden, das ins Feld rücken sollte. Und dann war ich im Kriege, der mir eine Fülle von ungeheuerlichen Erlebnissen brachte, war es doch mein erster Feldzug. Ich machte verschiedene Schlachten mit. Anstrengungen und Abenteuer vergönnten mir nicht die Zeit, an den Obersten zu schreiben. Unter tausend neuen Eindrücken verblaßte die grausige Erinnerung an Albertine, ohne sie freilich auszulöschen. Ich trug sie weiter mit mir, wie man eine Kugel im Leibe behält, die sich nicht entfernen läßt. Ich tröstete mich damit, daß ich dem Obersten eines Tages irgendwo einmal wieder begegnen müsse, um von ihm zu erfahren, was ich zu wissen so begierig war. Indes fiel er an der Spitze seines Regiments bei Leipzig, vier Wochen vorher war auch Ludwig von Meung auf dem Felde der Ehre geblieben. So jämmerlich es ist: auch in den starken Seelen schläft das Erlebte ein. Und vielleicht gerade zuerst in den starken Seelen. Und so verlor ich das qualvolle Begehren zu erfahren, was nach meiner Abreise geschehen war. Ich hätte mich nach Jahren in das Städtchen begeben, mich erkundigen und somit hören können, was von meinem schmerzlichen Erlebnis bekannt geworden war. Kein Mensch hätte mich erkannt, da mich die Zeit stark verändert hat. Irgend etwas hat mich daran gehindert, aber gewiß nicht die Scheu vor der Meinung der Leute, über die ich mein Leben lang erhaben gewesen bin; vielleicht der Nachhall jener entsetzlichen Angst, die ich damals erfahren habe. Ich möchte sie kein zweites Mal verspüren.«

Wieder schwieg der Graf. Er hatte mir sein Abenteuer in trübseliger Tatsächlichkeit ohne jede Zutat erzählt. Darüber nachsinnend, versank ich in Träumerei. Brassard, den alle Welt als Weltkind, Kriegsmann und Zecher kannte, war mir nun ein ganz anderer, ich sah in die ungeahnten Tiefen seiner Seele. Die Bemerkung, die er im Anfange seiner Erzählung gemacht hatte, von der scharfen Säure, die alle seine späteren Liebschaften angefressen hätte, kam mir wieder in den Sinn. Gerade in diesem Augenblick packte er mich unvermittelt heftig am Arm und rief:

»Dort! Sehen Sie! Da hinter dem Vorhang!«

Erschrocken schaute ich hinauf. Der Schattenriß einer schlanken Frauengestalt zeichnete sich auf den roten Vorhängen ab.

»Albertinens Schatten!« flüsterte Brasjard. Und mit leiser Bitternis fügte er hinzu: »Der Zufall ist heute abends recht bösartig!«

Die Frau hinter dem Fenster war längst verschwunden. Das rote Acht schimmerte im vollen Viereck.

Der Schmied, der während der Erzählung des Grafen den Schaden am Rade ausgebessert hatte, war fertig. Der Kutscher, die Pelzmütze über den Ohren, das Postbuch zwischen den Zähnen, ergriff die Zügel und kletterte auf seinen hohen Sitz. Dann rief er in die Nacht hinaus: »Abfahrt!«

Und fort ging es. Bald waren wir weit weg von dem geheimnisvollen Fenster, dessen rote Vorhänge noch heute in meinen Träumen schimmern.

Über tredition

Eigenes Buch veröffentlichen

tredition wurde 2006 in Hamburg gegründet und hat seither mehrere tausend Buchtitel veröffentlicht. Autoren veröffentlichen in wenigen leichten Schritten gedruckte Bücher, e-Books und audio-Books. tredition hat das Ziel, die beste und fairste Veröffentlichungsmöglichkeit für Autoren zu bieten.

tredition wurde mit der Erkenntnis gegründet, dass nur etwa jedes 200. bei Verlagen eingereichte Manuskript veröffentlicht wird. Dabei hat jedes Buch seinen Markt, also seine Leser. tredition sorgt dafür, dass für jedes Buch die Leserschaft auch erreicht wird.

Im einzigartigen Literatur-Netzwerk von tredition bieten zahlreiche Literatur-Partner (das sind Lektoren, Übersetzer, Hörbuchsprecher und Illustratoren) ihre Dienstleistung an, um Manuskripte zu verbessern oder die Vielfalt zu erhöhen. Autoren vereinbaren direkt mit den Literatur-Partnern die Konditionen ihrer Zusammenarbeit und partizipieren gemeinsam am Erfolg des Buches.

Das gesamte Verlagsprogramm von tredition ist bei allen stationären Buchhandlungen und Online-Buchhändlern wie z. B. Amazon erhältlich. e-Books stehen bei den führenden Online-Portalen (z. B. iBookstore von Apple oder Kindle von Amazon) zum Verkauf.

Einfach leicht ein Buch veröffentlichen: **www.tredition.de**

Eigene Buchreihe oder eigenen Verlag gründen

Seit 2009 bietet tredition sein Verlagskonzept auch als sogenanntes "White-Label" an. Das bedeutet, dass andere Unternehmen, Institutionen und Personen risikofrei und unkompliziert selbst zum Herausgeber von Büchern und Buchreihen unter eigener Marke werden können. tredition übernimmt dabei das komplette Herstellungs- und Distributionsrisiko.

Zahlreiche Zeitschriften-, Zeitungs- und Buchverlage, Universitäten, Forschungseinrichtungen u.v.m. nutzen diese Dienstleistung von tredition, um unter eigener Marke ohne Risiko Bücher zu verlegen.

Alle Informationen im Internet: **www.tredition.de/fuer-verlage**

tredition wurde mit mehreren Innovationspreisen ausgezeichnet, u. a. mit dem Webfuture Award und dem Innovationspreis der Buch Digitale.

tredition ist Mitglied im Börsenverein des Deutschen Buchhandels.

Dieses Werk elektronisch lesen

Dieses Werk ist Teil der Gutenberg-DE Edition DVD. Diese enthält das komplette Archiv des Projekt Gutenberg-DE. Die DVD ist im Internet erhältlich auf **http://gutenbergshop.abc.de**

Zeitfracht Medien GmbH
Ferdinand-Jühlke-Straße 7
99095 Erfurt, Deutschland
produktsicherheit@kolibri360.de